ハーレクイン文庫

夢をかなえた一夜

サンドラ・マートン

漆原　麗 訳

HARLEQUIN
BUNKO

SLADE BARON'S BRIDE

by Sandra Marton

Published by Harlequin Japan, a Division of K.K. HarperCollins Japan, 2022

夢をかなえた一夜

◆主要登場人物

ララ・スティーブンス……会計監査人。
マイケル……ララの息子。
スレイド・バロン……建築家。
トラビス・バロン……スレイドの兄。
ゲイジ・バロン……スレイドの兄。
ケイトリン……スレイドの義妹。
ジョナス・バロン……スレイドの父。
マルタ・バロン……スレイドの継母。
ヘルガ……スレイドの屋敷の家政婦。

1

その金髪美人はグリーンのスエードのスーツを着ていた。彼女自身、脚を組み替えるたびにスカートの裾《すそ》が持ち上がるのを意識しているに違いない。確かにみごとな脚だ。美しく日焼けし、長くて形もいい。

スレイド・バロンは、イーストコースト航空のファーストクラス用のラウンジにいた。悪天候のため、搭乗が遅れているのだ。三十分ほど前に彼女がここに現れたときから、彼はその女性に気づいていた。もっとも、彼女に注目しない男性などひとりもいないだろう。片手にノートパソコンのケースを持ち、もう一方の手にかばんを携えた姿は、完璧《かんぺき》なビジネスウーマンという印象だ。周囲のビジネスマンたちの中に違和感なく溶けこみ、夏の嵐《あらし》が通り過ぎるのを待っている。だが、彼女がスレイドの向かいに腰を下ろして脚を組むと、品のあるスカートのスリットが開いて太股があらわになった。

彼女はかばんから取り出した本を読みながら、二分おきにその長く美しい脚を組み替えた。やはり意識しているらしい。スレイドは彼女の優美な脚を観賞する絶好の位置にいた。

プレゼンテーション用のメモに目を通し、『ボストングローブ』紙の経済面も読み終え、ボルティモアのボーフォート銀行への電話もすんだ。あとは退屈しのぎに金髪女性を眺めているしかない。

スレイドが見とれているのに気づいたのか、その女性は本から顔を上げてほほ笑んだ。彼がほほ笑み返すと、彼女は再び視線を本に落とし、ページを繰ってゆっくりと脚を組み替えた。スリットがさらに広がる。スレイドは腕組みをして椅子に深くもたれ、想像力をたくましく働かせた。

あのスカートの下に何を隠しているのだろう？　たぶん黒いレースだ。でも、あの日焼けした肌なら淡いピンクも似合う。スレイドは年齢のわりに多くの女性を知っていた。長い脚がまたもや交差した瞬間、黒いレースがちらりとのぞいた。ほんの一瞬の出来事だったが、スレイドの隣に座っている男性をうならせるには充分だった。

彼女は顔を上げてその男性をまっすぐ見つめ、それからスレイドを見てほほ笑んだ。スレイドもほほ笑む。彼女が視線を本に戻すと、スレイドは自分のパソコンケースとかばんを手に立ち上がり、彼女の方に向かった。

彼は途中で歩みを止めた。金髪女性が眉を上げる。

彼女は待っている。そして、これから何が起こるのか、皆が固唾《かたず》をのんで見守っている……。

だが、誘いにはのれない。スレイドは思った。苦い記憶がよみがえり、甘い期待は怒りへ――自分自身に対する怒りへと変わっていく。スレイドは顔をしかめて女性の脇《わき》を通り過ぎ、女性は彼の後ろ姿を失望のため息をもらして見送った。

スレイドは受付の前を通り、ドアを開けて一般客用の待合室に出た。

窓の向こうに、ボルティモア行き四三五便が雨に濡《ぬ》れ、灰色の巨大な鳥のようにたたずんでいる。待合室は人でごった返し、エアコンがついていても蒸し暑い。スレイドはまっすぐ歩き続け、廊下の端までやってくると、再び窓の外を見つめ、ばかなまねはよせと自分に言い聞かせた。

「十八カ月――一年半前だな」スレイドはつぶやいた。「あんなことは二度とごめんだ」

頬の筋肉がこわばる。スレイドはパソコンケースとかばんを足もとに置き、携帯電話をポケットから取り出した。

「僕だけど、メッセージは来ているかい？」彼は事務所の秘書に尋ねた。

「いいえ、何もありません」

それはそうだろう、三十分ほど前に電話したばかりなのだから。スレイドはボルティモアの銀行の番号を押そうとしてやめた。こちらもついさっき電話したばかりだ。Ｅメールも届いていないだろう。

スレイドは近くの椅子に腰を下ろしてため息をつき、ノートパソコンのスイッチを入れた。

トランプのソリティアでもしていれば、時間がつぶせるかもしれない。身なりの立派なビジネスマンが機内で背中を丸め、コンピュータゲームに熱中している姿を、幾度となく笑ってきたものだが。

それとも、ボーフォート銀行から頼まれている新しいビルの設計に、さらに知恵を絞ってみようか。

スレイドは顔をしかめ、ノートパソコンのスイッチを切った。

デンバーでの出来事はもう過去の話だ。あの金髪女性はララとはまったく似ていない。あのときも悪天候で飛び立てず、ファーストクラス用のラウンジで時間つぶしに困っていた。しかし、いくら状況が同じだからといって、結果まで同じとは限らない。

一年半もたっているんだ。いつまでも過去を引きずっていてどうする。

「ばかめ」あれは一夜限りの関係だったんだぞ。スレイドは憮然《ぶぜん》として雨を眺めたが、彼の心に映っているのは雪だった。

コロラド上空を埋めつくした鉛色の雲から湿っぽいぼたん雪が落ち始め、またたく間に十二月の朝の大地を白く覆った。デンバーの東側を通る飛行機は雪嵐のせいですべて予定変更を余儀なくされ、スレイドが乗った飛行機もデンバー空港に臨時着陸させられた。

彼はファーストクラス用のラウンジで出発を待っていた。アナウンスが繰り返し流れ、遅れは一時間から二時間へ、そして三時間へと拡大した。雪は降り続け、空はますます暗くなっていく。スレイドのいらだちはつのった。

彼はマリブにあるトラビスの家でのんびりと週末を過ごし、ボストンの自宅に帰る途中だった。兄の家は海のすぐそばで、兄弟は浜辺で大いに笑い、ビーチバレーをして楽しんだ。

こんなところで足どめをくらっては、せっかくの楽しい週末も台なしだな。

スレイドはため息をついた。天候に文句をつけても仕方がない。でも、Eメールはもうチェックしたし、『タイム』誌も端から端まで読んだ。あとは何をすればいい？

そのとき、向かいに座っている女性が目に入った。スレイドが雑誌を読んでいる間にラウンジへやって来たらしい。そうでなかったら、彼女に気づいたはずだ。周囲の男性たちはこぞって、新聞の陰からその女性に熱い視線を注いでいた。

彼女はまぎれもなく、男性の関心を引きつけずにはおかないタイプだった。

髪は金と赤の中間色で、赤みがかったブロンドとでも言うのだろうが、そんな表現ではおとなしすぎる。まるで初秋の朝を思わせるような色だ。瞳の色は……わからない。彼女はうつむいて膝に置いたノートパソコンに見入っていた。けれど、スレイドは深い青だと感じた。テーラードスーツは落ち着いていて控えめなものだが、彼女には控えめなどという言葉はまったく似合わない。ノートパソコンは、彼のと同じメーカーだった。

スレイドは、彼女がいらいらしているのに気づいた。何か低くつぶやき、彼女は顔を上げた。瞳は思ったとおりの深い青で、その顔は彼が今まで見たどんな女性よりもすばらしい。

スレイドは躊躇《ちゅうちょ》することなく、自分の荷物をまとめて彼女に近づき、穏やかに笑いかけた。「やっているね、ダーリン」

彼女の視線は外の雪を氷に変えてしまいそうなほど冷たかった。「なんておっしゃったの？」

スレイドが彼女の隣に座っている男性に鋭い視線を送ると、すぐにその男性は席を立った。スレイドは彼に会釈し、空いた席に腰を下ろした。

「僕が君の願いをかなえてあげよう」

彼女はますます冷たい目をしてスレイドを頭のてっぺんから爪先まで眺め、軽蔑《けいべつ》するようにかわいい口をゆがめた。「あなたは場違いなところに来たようね、カウボーイさん。その古風なブーツが歩行用に作られているのなら、もっと歩いてあげたほうがいいんじゃない」

「君はこの靴が格好づけだと思っているんだね」

彼女は目をしばたたいた。黒いまつげは豊かで、信じられないほど長い。「まあ、違うの？」

スレイドはため息をついて首を横に振り、自分のパソコンケースを開けてバッテリーのスペアを取り出した。

「誤解されるのはつらいものだよ、シュガー」彼は何食わぬ顔でバッテリーを差し出した。「君のパソコンは電池切れで、僕はたまたまスペアを持っていたというわけさ。でも、君は僕が誘いをかけていると思ったんだろう？」

彼女はスレイドをじっと見つめた。追い払われる、と彼が感じたとき、彼女の唇の端がぴくりと動いた。

「ええ」

「そのとおり。だけど、役には立つだろう？」

彼女は笑い、スレイドも笑った。

「僕はスレイド。よろしく」彼は手を差し出した。

彼女はためらいながらも、その手を握った。「私はララよ」

ララか。ぴったりの名前だな。優しく女らしいけれど、なよなよした感じじゃない。握手は力強くて男性的だが、指は細くて長く、手は僕の手にすっぽりおさまってしまう。このちぐはぐさがたまらない。

二人の間にかすかな電気が流れた。

「静電気だわ」彼女は急いで手を引っこめた。

「ああ」スレイドは相づちを打ったものの、静電気だとは思わなかった。彼女も同じはずだ。その証拠に、愛らしい頬に赤みがさしている。「君の独り言が聞こえたんだ。電池切れとまでは聞き取れなかったけれど、僕は想像力が豊かでね」

ララは笑った。「さっきは失礼なことを言ってしまったわね」

「僕は本気でバッテリーのスペアを君にあげようと思っているんだけど」

「ありがとう。でも、なんとかなるわ」

「じゃあ、貸しておくよ。何をやっていたのか知らないが、最後までやり遂げたほうがいい」

彼女はほほ笑んだ。女性の笑みがこれほどまで雰囲気を明るくするとは。

「実はね、ソリティアをしようと思っていたの」

スレイドはにやりとした。「カードは一枚、それとも三枚?」

「一枚よ、もちろん。時間制でラスベガス・ルールのをね」ララは澄まして言った。

「絵柄は椰子《やし》の木がついてるやつかい?」

彼女は笑った。「ええ。ときどきにやりと笑うあの太陽がいいわ」

「今度は普通の柄で笑わせてみたら?」

二人は笑い、それ以降は次から次へと話題が移っていった。しかし、スレイドは自分が言ったことも、彼女が何を言ったのかもろくに覚えていなかった。

彼は、ララの表情を見、声を聞くだけで精いっぱいだった。彼が何かおもしろいことを言うと、彼女の目は大きくなる。声はハスキーで優しい響きがあり、本人は気づいていないようだが、とてもセクシーだ。後れ毛を耳にかけるしぐさもきわめて魅力的で、スレイドは拳《こぶし》を握りしめ、後れ毛に手を伸ばしたいのを必死でこらえていた。

堅苦しい感じのスーツに包まれた体も、今ではなんとなく想像がつく。そして、この香り。ライラックだろうか。すずらんかもしれない。

「そう思わない？」

「そのとおりだ」上の空でララの話を聞いていたスレイドは、慌てて同意した。

「だから電池切れだと思ったのよ。あなたは賢いわ。ちゃんと予備のバッテリーを用意して……」

スレイドはほほ笑みながらうなずいた。

「あなたは慎重に……」

慎重にだと？　とんでもない。本当は彼女を抱き上げて暗い隅に連れていき、その唇と体をものにしたいんだ。

「でも、うまくいかないのよ。そうしてほしいと思っているときに限ってね」

「なるほど」スレイドは咳《せき》払いをし、人前で醜態をさらさないうちに話題を変えた。

今度はスレイドが一方的にしゃべり、ララは聞き手に回った。しばらくして、彼はララが奇妙な表情を浮かべているのに気づいた。退屈してしまったんだろうか？　いや、そんなはずはない。彼女は何か考えこんでいるふうだ。僕の話に耳を傾けて相づちを打ってはいるが、何か重大なことを秤《はかり》にかけているような気がする。

スレイドは話の途中でいきなり言った。「コーヒーでもどうだい？」

ララは喫茶スタンドを振り返ってから、スレイドを見た。「そうね、いただこうかしら」

スレイドが立ち上がり、ララも席を立った。二人はラウンジの奥の小さなソファに腰を下ろし、コーヒーを飲みながらとりとめもない話を続けた。悪天候やフライトのこと、よその空港の話……。だが、おしゃべりは二人の間に生じつつあるものを隠そうとしているにすぎない。スレイドも、彼女も、それに気づいていた。二人はおしゃべりの最中も、互いに刺激し合っていたのだ。

スレイドがララのカップに二杯目のコーヒーをついだとき、手が触れ合い、再び軽い静電気が生じた。火花が散り、二人は飛び上がった。

「ああ、驚いた」ララはかすかに笑った。「私たちにはアースが必要ね。でないと燃えてしまうわ」

「どうかな」スレイドはほほ笑んだ。「いっそ燃えあがってしまうのもおもしろいかもしれない」

視線がからみ合う。ララのほうが先に目をそらし、カーペットと静電気の関係について話し始めた。だが、二人の間の緊張感は高まる一方だった。

いつものことだ、とスレイドは自分に言い聞かせた。彼は女性が好きだった。彼の華やかな女性遍歴は、故郷テキサスにいた十六歳のときから始まっていた。彼は女性が好きだった。声も、外観も、しぐさも。女性も彼が好きだった。だからバーやパーティに出かけて女性と目が合うと、いつもベッドインという結果になってしまう。でも、今度は違う。こんなに激しく女性を欲したことはなかった。抱きしめ、彼女の香りを胸いっぱいに吸いこみ、味わいつくしたい。ララも僕を求めている。目を輝かせ、頬を薔薇《ば ら》色に染め、コーヒーカップを持つ手を震わせているじゃないか。いつになったら彼女は自分の感情に正直になるのだろう。そして、そうなったとき、僕はどうすればいい？　ラウンジに閉じこめられているというのに。

不意にララが何か言うのが聞こえ、スレイドは我に返った。

「えっ？」

「ここに閉じこめられてしまったみたい、って言ったの。時間が停止したような感じだわ」

「ああ、そうだね」スレイドはうなずいた。

二人は黙りこくった。ララが彼をちらりと見て、すぐに目をそらした。スレイドはきりだすときが来たことを察した。

「君は美しい」彼は静かに言った。

ララは顔を赤くしてほほ笑んだ。「ありがとう」

「その髪をほどいたらどんなふうになるんだろう」

ララの喉のくぼみが激しく脈打つ。「えっ?」

「君の髪だよ。胸まで届くほど長いのかな?」スレイドは彼女の手からカップを取り、自分のカップの隣に置いた。「これはただの誘惑じゃない。君にもわかっているはずだ」

ララは確かにスレイドの胸中を察していた。スーツを脱がせ、きっちり結い上げた髪をほどき、キスをしたらどんな感じか想像しているのだ。

二人がそれぞれに思いを巡らしていたとき、場内アナウンスが流れた。

少なくともあと数時間は搭乗できず、宿泊希望者はカウンターまで来るように、とのことだった。

「まあ」ララは笑った。「これで決まりね」

スレイドは安堵《あんど》した。二人の間に生まれかけていたものは終わった……。

「そうだね。君はここで待つつもりかい?」

「ええ。あなたは?」

「僕もここに……」スレイドは言いかけた言葉をのみこみ、そして言った。「冗談じゃない。一緒に来たまえ」

ララの瞳の中で何かがきらめいた。彼は一瞬、彼女がイエスと答えると思った。

「いいえ」ララは小声で言った。「できないわ」

スレイドは彼女の左手を見た。指輪ははめていない。「結婚しているの？」

彼女は首を横に振った。

「婚約は？」またもや首を横に振ったララに、スレイドは体が触れそうなほど近寄った。

「僕もだ。お互い、誰も傷つけはしないよ」彼女の手を取る。ララは逆らわなかったが、その指は震えていた。「ララ、一緒に泊まろう」

彼女の頬が紅潮した。「無理よ」

「君と二人なら、すばらしい時間を過ごせる」スレイドは手に力をこめた。

ララは首を横に振った。「私、あなたのことをほとんど知らないもの」

「いいや、君はよく知っている。僕だってそうだ」スレイドの声はかすれ、低くなった。

「細かいことを言えば、僕は建築家でボストンに住んでいる。独身で誰ともつき合っていない。二十八歳で健康だ。ほかに何を知りたい？　君ほどに欲しいと思った女性はいないってことのほかに？」

ララは彼を見た。スレイドにとって忘れ難い鮮烈な瞬間だった。青い瞳の中で何かが変わった。彼女はさっきと同じ、奇妙な表情で見つめている。

値踏みされているようで、彼は不安になった。だが、ララが舌の先を唇に這《は》わせたとたんに不安は吹き飛び、めくるめく熱い思いにとらわれていた。

「ど、どうかしているわ。こんなふうに……」

スレイドはララの口に人差し指をそっとあてがった。「タクシーをつかまえよう。近くにホテルがある。以前にも泊まったことがあるから、きっと部屋を用意してもらえるよ」

「こんな天気なのにタクシーですって?」ララは笑おうと努めた。「ずいぶん自信がおありなのね」

「自信があったら、息を凝らして君の返事を待ったりしないさ」

ララは黙ったまま小首をかしげ、彼を見上げている。あの表情をまた浮かべて。

「いいわ」返事はひと言で足りた。

ラウンジを出てタクシーを止めた記憶はない。スレイドが覚えているのは、ララの腰にしっかりと腕を回してホテルに入り、ロビーのドラッグストアに寄ると言ったことだけだった。

「必要ないわ」ララは彼を見上げて言った。

避妊具なしで彼女に接することができると思い、スレイドは喜んだが、喜びはすぐに激しい怒りへと変わった。彼女の反応が早かったのは、ほかの男性ともこんなことをしているからに違いない。

それは男性の原始的な所有欲とでも言うべきものだった。とはいえ、二人はすでに部屋に入っていた。スレイドは想像力を働かせるのをやめ、彼女に手を伸ばした。

「やめて！」ララはパニックに陥った。「だめ、私にはできないわ」

スレイドは両手で彼女の顔を包んだ。「キスだけでいい」彼はささやいた。「一度だけキスしてほしい。そうしたら、もう引き留めたりしないから」

ララは身じろぎひとつせず、恐怖に満ちた目で彼を見上げている。スレイドは故郷のエスパーダ牧場で種馬が小屋を壊して雌馬のもとへ押しかけてしまったときのことを思い出した。種馬の弓なりになった首、荒々しい目つき、そして恐怖におののく雌馬の表情。雄馬がのしかかると、雌馬の恐怖は突然別のものに変わっていった……。

「ララ」スレイドはララの不安げな瞳を見つめながら、ゆっくりと慎重に上体をかがめ、キスをした。彼女が唇を開くまで、何度も軽く触れる。

「スレイド……」ララはため息をもらした。

スレイドは彼女を抱き寄せた。ララは彼にもたれ、腕を首に回して髪をつかんだ。

「お願い」

スレイドは彼女をベッドに運んで服を脱がせ、結い上げた髪を下ろしたあと、自分の、そして彼女の欲望を充分に満足させた。

夜になっても吹雪は猛威をふるい続け、その間二人はずっとベッドで過ごしていた。

夢を見ているようだ。ララが僕の腕の中にいる。疲れて眠りに落ちた彼女の香りとぬくもりが伝わってくる。僕はなんてラッキーなんだろう。外は吹雪だというのに、たぐいまれな美女とベッドを共にしているなんて。すばらしい思い出になりそうだ。

スレイドは夜明け近くに目覚めた。ララは腕の中で眠っている。寝顔を見つめながら、彼は吹雪がやんで別れるときのことを思った。ララはアトランタで会計監査をしているという。それ以上自分について話さなかった。避妊具は必要ないと言われたときの思いがよみがえり、彼は知る由もないララの暮らしぶりを想像して、再び怒りがこみあげた。

彼女は僕が見たことのない家に住み、僕の知らない友人たちと笑い、考えたくもない男性たちの腕に抱かれているのか。

スレイドは胸が苦しくなり、ララにキスをして目を覚まさせた。「ララ」

彼女はうっすらと目を開け、ほほ笑んだ。「スレイド？　どうしたの？」

スレイドははっとした。彼女の家は南部で、僕は北東部だ。週末ごとに会いに行くとでも言うつもりだったのか？　彼はどんな女性とも毎週続けて会ったりはしなかった。交際は二カ月が限度だ。だが、同じ街に住む女性と何百キロも離れている女性とでは、状況が違ってくる。

〝うちに歯ブラシを置いておけば。それに服もね〟ララは僕が金曜に来て月曜に帰るよう求めるだろう。遅かれ早かれこう言いだすに違いない。〝私、ボストンに引っ越そうかしら……〟

「どうしたの？」ララはひげが伸びた彼の顎に手を当てた。「サンタクロースはいないってわかったばかりの男の子みたいな顔をしているわ」

スレイドは必死に笑みを作った。「なんでもない。除雪車の音が聞こえたから、もう道路も空港も大丈夫だろう。いつかまた君と会えたらうれしいな」

「ええ」ララはずいぶんためらったあとで言った。「そうね」

彼女を傷つけてしまったのだろうか？　だが、ララは伸び上がってスレイドの唇にキスをした。情熱がよみがえり、スレイドは彼女に覆いかぶさった。やがて彼はララを抱いたまま身を横たえた。彼女と体を重ねれば重ねるほど、ますます彼女が欲しくなる。週末などと悠長に構えてはいられない。

スレイドはほほ笑み、ララの顔を自分の方に向かせて優しくキスをした。

「君の住所も電話番号も教えてもらってないね」

ララはにっこり笑い、彼の目にかかったひと筋の髪を払った。「朝になったら教えるわ」

スレイドが次に目覚めたとき、朝日は輝き、除雪車やジェット機のエンジン音がしきりに聞こえていた。そして、ララの姿は消えていた。

彼女は去っていった。書き置きひとつ残さずに。スレイドは彼女の姓すら知らなかった。

彼は激しい憤りを覚えた。

一夜限りの情事で終わらせたくないという僕の気持ちを、彼女は知らないのだ、といくら自分に言い聞かせてみても、なぜかララに利用されたという印象をぬぐいきれなかった。

はっきり残っているのは彼女の感触だけだ。ララとの間に何か特別なものが生まれつつあるように感じたのは、僕の錯覚だった。結局、デンバーで雪に閉じこめられ、ひと晩じゅう見知らぬ美女とベッドを共にしたというだけか……。


ボストンに戻っても、スレイドはこの話を誰にもしなかった。こうして空港のターミナルの窓から外を眺めていると、一年半も前に出会った女性をいまだに夢見ている自分が不思議でならない。あの見知らぬ女性との情事が、柔らかく甘い彼女の唇と青い瞳が、今なお忘れられない……。

「お待たせいたしました。これからすべての機の搭乗を開始いたします」

アナウンスで現実に引き戻されたスレイドは、搭乗ゲートまで遠いことを思い出し、慌てて走りだした。

2

たった二時間だもの、簡単に乗りきれるわ。ボルティモア港を見渡すオフィスで、ララは自分に言い聞かせていた。

準備に二週間も費やし、新本部の建設計画を入念に検討してきた。そしてその過程で、ララはスレイド・バロンの名と遭遇し、彼を自分の人生から閉め出す計画に誤算が生じたことに気づいたのだ。

スレイド・バロン。あの人にぴったりの名前だわ。ララはため息をつき、コーヒーの入ったマグカップを口に運んだ。ブラウンやスミスなどという名前は彼には似つかわしくない。中世的な響きを持つバロンこそ、ああいう男性にふさわしい。

手の中でマグカップが震えた。ララは鋭い言葉を発し、カップを置いた。会議には万全の姿勢で臨みたい。

大丈夫よ。ララは椅子を引き、窓の方へ歩いていった。すばらしい眺めだ。長い道のりだったが、今や望むものはすべて手に入れた。キャリアも、肩書も。こぢんまりとした美しい家もある。そして私のいちばんの喜びは……。

インターコムの呼び出し音が鳴った。ララはさっと振り返り、ボタンを押した。

「はい。ナンシー？」

「ミスター・ドッブスの秘書から電話があり、ミスター・バロンがまもなくお見えになるそうです」

ララは胃がひっくり返りそうになった。頭もずきずきする。彼女は額に指をあてがった。

「ありがとう、ナンシー。会議がいつ始まるかわかったら教えてちょうだい」

「承知しました、ミズ・スティーブンス」

落ち着くのよ。一年半前、私はデンバーでやるべきことをやったにすぎない。スレイドは目的を果たすための単なる手段だった……。

きつく回された彼の腕。口に押しつけられた彼の唇。体の奥深くに入りこんだ彼の感触。

そのあと、彼はいとおしむように私を抱いてくれた。

ララは身震いし、両腕を体に巻きつけた。ロマンチックな夢など見てはいけない。スレイドも私も望むものを手に入れただけ。割りきらなければ。

彼女は海に目をやった。今日は蒸し暑く、空は雲に覆われている。スレイドと初めて会ったときとは、ずいぶん違う……。

暗い灰色の空から大粒の雪が降りしきり、やむ気配はない。デンバー空港で足どめをくらい、ララはいらいらしていた。

三十回目の誕生日だというのに、まったくついていないわ。

今週は悪いことが続いた。同僚の女性二人に赤ちゃんが生まれて二度もお祝いに出かけたし、トムからは丁重に別れを告げられた。もっとも、彼とは夕食を共にしたり、一緒に劇場へ出かける程度の仲にすぎなかったが……。

このままつき合っていてもどうにもならない、と彼は言った。別の男性にも同じことを言われたことがあるララは、雪がやむのを待ちながら、そのことについて考えていた。

トムの言いぶんは当然だと思う。たぶん私はどこか冷めていて、相手と距離をおいてしまうんだわ。ほかの女性と違って、セックスに何も期待していないからかしら。でも、だからなんだというの？

ララは結婚を望んでいなかった。誰の妻にもなりたくないと思っている。彼女は自立した女性であるうえに、男性が女性の人生を大きく左右してしまうのを身近に見てきた。母も姉も、独身のすばらしさを教える反面教師のような存在だった。

結婚したいとは思わないが、母親にはなりたい。ベビーシッターをして小遣いを稼いでいた十代のころから、ララは赤ちゃんが欲しいと思っていた。子どもには言葉では言いつくせないすばらしさがある。無邪気で、親を信頼し、無償の愛を与えてくれる。

ララはまだ三十歳前なのに、赤ちゃんを望める時期はまもなく終わり、妊娠する可能性は限りなくゼロに近い、とあきらめかけていた。そして、出産の経験がないのは自分だけで、赤ちゃんのいる女性はほとんどが自分より年下だ、と思いこんでいた。母親となった同僚たちの幸せそうな様子を見て、ララはむなしさを感じずにはいられなかった。

私はこの喜びを味わえない。養子を取る独身女性の話は聞いたことがあるけれど、私はどうしても自分の子が欲しい。人工授精という方法もあるけれど、父親が誰かわからないのは不安だわ。

ララはトムのような尊敬している友人に頼んでみようかとも考えたが、以前テレビで見たドキュメンタリー番組が気にかかっていた。妊娠への協力を願い出た女性とそれに同意した男性の話だった。男性は生まれた息子の顔を見たとたんに心変わりし、現在、共同親権を求めて訴訟中だという。

〝バーで知らない人に頼めばよかったわ〟相手の女性は赤く泣きはらした目で言った。〝顔も悪くなくて、知的な会話ができるほどの頭脳の持ち主にね。そうしたらこんな目に遭わなくてすんだのに〟

ララは運命の日の午後、デンバー空港でこんなことを考えながら、雪がやむのを待っていた。

天気予報は希望を持たせるようなことをしきりに言うが、吹雪がひどくなる一方なのは素人目にもわかる。ララはノートパソコンと手荷物を持ってファーストクラス用のラウンジへ行き、空いている席に座った。パソコンのスイッチを入れる。ソリティアなら何も考えなくてすむ。

だが、パソコンはつかなかった。電池切れだったのだ。ララは役立たずのパソコンをいまいましげににらみつけ、小声でののしった。

そのとき、男性の低く笑う声が聞こえた。

「やっているね、ダーリン」

顔を上げると、目の前にひとりの男性が立っていた。背が高く、顔だちも悪くない。私が楽しい気分だと思っているなら大間違いよ。ララは胸を張って彼を見上げ、できる限り冷たい口調で言った。「なんておっしゃったの？」

冷たさが足りなかったらしい。その男性はにやりと笑い、彼女の隣に座っているビジネスマンに鋭い視線を送った。ララは眉を上げた。自分の思いどおりに物事を運ぶのに慣れているんだわ。隣の意気地なしが席を立ち、代わりにその傲慢《ごうまん》な男性が座った。

「僕が君の願いをかなえてあげよう」望まざる客が言った。なまりがある。

たぶん西部の人ね。それなら、脚が長くて贅肉《ぜいにく》のない体型も、変なカウボーイブーツも合点がいくわ。

「あなたは場違いなところに来たようね、カウボーイさん。その古風なブーツが歩行用に作られているのなら、もっと歩いてあげたほうがいいんじゃない」

彼は笑った。すてきな笑み……。ララは認めざるを得なかった。オーダーメイドのスーツにバーバリーのレインコート姿で、正真正銘のハンサムだ。だからといって、彼に関心をいだいたわけではないが。

「君はこの靴が格好づけだと思っているんだね」

ララは目をしばたたいた。「まあ、違うの？」

見知らぬ男性は深く傷ついたようにため息をつき、自分のパソコンケースを開けてバッテリーのスペアを取り出した。

「誤解されるのはつらいものだよ、シュガー。君のパソコンは電池切れで、僕はたまたまスペアを持っていたというわけさ。でも、君は僕が誘いをかけていると思ったんだろう？」

もちろんよ。ララは、時間の無駄よ、と言おうとしたが、彼は目を輝かせている。どことなくユーモラスな展開だと認めたって問題はないでしょう？　話でもしたら、少しは気がまぎれるかもしれないし。

「ええ」彼女はほほ笑んでみせた。

「そのとおり。だけど、役には立つだろう？」

ララは笑い、彼も笑った。

「僕はスレイド。よろしく」彼は手を差し出した。「私はララよ」

彼女はためらいがちにその手を握った。

二人の間にかすかな電気が流れた。

「静電気だわ」彼女は急いで手を引っこめた。

「ああ」彼は再びほほ笑んだ。「君の独り言が聞こえたんだ。電池切れとまでは聞き取れなかったけれど、僕は想像力が豊かでね」

ララは笑った。「さっきは失礼なことを言ってしまったわね」

「僕は本気でバッテリーのスペアを君にあげようと思っているんだけど」

「ありがとう。でも、なんとかなるわ」

「じゃあ、貸しておくよ。何をやっていたのか知らないが、最後までやり遂げたほうがいい」

「実はね、ソリティアをしようと思っていたの」

男性は眉を上げた。眉は黒く、端がかすかに上がっている。髪も黒く、絹のようだ。

「カードは一枚、それとも三枚？」

「一枚よ、もちろん。時間制でラスベガス・ルールのをね」

「絵柄は椰子《やし》の木がついてるやつかい？」

ララは笑った。「ええ。ときどきにやりと笑うあの太陽がいいわ」

「今度は普通の柄で笑わせてみたら?」そのあと話題は次から次へと移っていったが、話をしているのはどちらなのか、ララにはよくわからなかった。

彼女は男性と握手をしたときに感じた電気のことを考えていた。あれは静電気などではなかった。今まで味わったことのない、性的な刺激に満ちていた。

この人、なんてすてきなのかしら。背が高く、肌は浅黒く、そしてハンサムで。こんなありきたりの形容詞ですら、相手が彼だとすばらしい表現に感じられてしまう。漆黒の髪、瞳はくすんだ灰色で、豊かな黒いまつげが陰影を添えている。鼻筋が通り、口は固く引き締まり、角張った顎にはくぼみがある。スーツの下には、ララが通っているフィットネスクラブの男性たちがいくら汗を流しても手に入れられないような肉体が潜んでいることだろう。ユーモアのセンスもあり、知的で……。

あのテレビに出ていた女性の言葉がララの脳裏をかすめた。

〝知らない人に頼めばよかったわ。顔も悪くなくて、知的な会話ができるほどの頭脳の持ち主にね……〟

ララは思わず顔を赤らめた。格好の相手が目の前にいるじゃない。彼こそ赤ちゃんの父親にふさわしい人よ……。

見知らぬ男性とセックスをするだなんて。でも、難しいことではないわ。名刺を交換し、アトランタに来ないかとほのめかせばいいのよ。どこかで一緒に週末を過ごせるよう、周到な計画を立ててもいい。

ララは自分の思いに浸っていた。そうよ、簡単なことだわ。それに、彼は女性の扱いに慣れているみたいだし。妊娠するのにセックスの上手下手は関係ないけれど、彼はきっと巧みだわ。

ララは再び顔を赤くした。つまらないセックスしか経験していない私がこんなことを考えるなんて。

何かが顔に表れていたに違いない。スレイドは話の途中で不意に言葉を切り、ララを見つめた。彼女が荷物をつかんで逃げ出そうと思った瞬間、コーヒーでもどうだい、と彼は言った。

こんな突拍子もない考え、頭から追い出さないと。彼に〝ノー〟と言って席を立つのよ。

「そうね、いただこうかしら」

スレイドが立ち上がり、ララも続いた。二人はラウンジの奥でコーヒーをつぎ、隅の小さなソファに腰を下ろした。ララは彼の話に神経を集中しようと必死だった。スレイドにキスされたらどんな感じか、などと考えてはだめ。こんなことで頭がいっぱいになったのは生まれて初めてだわ。

彼がララのカップに二杯目のコーヒーをついだときに手が触れ合い、彼女は電気ショックを受けたように感じた。テレビで見た女性の話がまた脳裏をよぎる。ララは必死の思いで笑顔を作った。

「ああ、驚いた。私たちにはアースが必要ね。でないと燃えてしまうわ」

いけない。まるで誘惑しているみたいだわ。そんなつもりはなかったのに……。

スレイドもそう受け取ったらしい。彼の瞳は暗くなり、口もとの筋肉がかすかに緊張した。

「どうかな。いっそ燃えあがってしまうのもおもしろいかもしれない」

ララの背を震えが走った。

彼女は二人の間に高まりつつある緊張感をやわらげようと、たわいないおしゃべりを始めた。だが、うまくいかない。自分がどんどん正気を失っていく気がする。すぐに沈黙が訪れた。

「君は美しい」彼は静かに言った。

あなたもね。「ありがとう」

「その髪をほどいたらどんなふうになるんだろう」

ララはきわどい質問に唖然《あぜん》とした。「えっ？」

「君の髪だよ。胸まで届くほど長いのかな？」スレイドはララの手からカップを取り、自分のカップの隣に置いた。「これはただの誘惑じゃない。君にもわかっているはずだ」

スレイドの目を見つめたララは、彼が何を想像しているのか察した。今まで誰もこんなふうに私を見つめなかったわ。こんな気持ちにさせられたことも。服を脱がせたときのことを彼は思い浮かべているのよ。髪を下ろしてキスをしたら、と……。

そのとき場内アナウンスが流れた。ララはほっとしてアナウンスに耳を澄ました。

フライトの見通しはしばらく立たず、希望者には航空会社が宿泊の手配をする、という。

「まあ」ララは笑ってみせた。「これで決まりね」

「そうだね」

スレイドがうなずくのを見て、ララは彼に意味が通じたと思った。

「君はここで待つつもりかい？」

「ええ。あなたは？」

「僕もここに……」言ったとたん、彼の瞳の色が灰色からチャコールグレーに変わった。

「冗談じゃない。一緒に来たまえ」

もはや、とぼけることはできなかった。「いいえ、できないわ」ララは小声で拒んだ。

「結婚しているのかい？」

ララは首を横に振った。

「婚約は？」また首を振る。スレイドは息が顔にかかるほどそばに近づいた。「僕もだ。お互い、誰も傷つけはしないよ」彼はララの手を取った。「ララ、一緒に泊まろう」

チャンスだわ。でも、私にはできない。行きずりの人とベッドを共にして妊娠するだなんて……。

「無理よ」ララは首を振った。

「君と二人なら、すばらしい時間が過ごせる」スレイドはささやいた。

ララは首を横に振った。「私、あなたのことをほとんど知らないもの」

「いいや、君はよく知っている。僕だってそうだ」彼の声はかすれ、低くなった。「細かいことを言えば、僕は建築家でボストンに住んでいる。独身で誰ともつき合っていない。二十八歳で健康だ。ほかに何を知りたい？　君ほどに欲しいと思った女性はいないってことのほかに？」

ララは彼を見た。別の世界に足を踏み入れてしまった気がする。あらゆることが可能で、なんでも受け入れられる世界に。彼についていったら誰か傷つくかしら？　彼は私を、私は子どもを欲している。

だめよ、そんなこと。道徳に反しているわ。

ララはなんとか息を吸いこみ、唇をなめた。

「ど、どうかしているわ。こんなふうに……」

スレイドはララの口に人差し指をそっとあてがった。その感触に彼女は身を震わせた。体がじんわりと熱くなっていく……。

「タクシーをつかまえよう。近くにホテルがある。以前にも泊まったことがあるから、きっと部屋を用意してもらえるよ」

「こんな天気なのにタクシーですって？」ララは笑おうとした。「ずいぶん自信がおありなのね」

「自信があったら、息を凝らして君の返事を待ったりしないさ」彼は静かに言った。

子どもが欲しいだけじゃないでしょう？　正直になるのよ、ララ。こんなに胸がときめいたのは初めてだわ。彼に抱かれたい……。

ララは深く息を吸いこんだ。「いいわ」

ホテルに着き、ロビーのドラッグストアの前で彼は立ち止まった。コンドームを買うつもりなのだ。

ララはまた深呼吸し、その必要はないと告げた。

スレイドは何も言わなかったが、腰に置かれた手に力がこもるのを感じた。

彼は部屋のドアを閉めて鍵《かぎ》をかけ、ララの方に向き直った。彼女の目に見知らぬ男性が映る。

私は何をしているの？　恐怖のあまり、ララの心臓が激しく高鳴る。

「やめて！　だめ、私にはできないわ」

もしもスレイドが説得したり強引に抱き寄せたりしたら、結果は異なっていただろう。

だが、彼は両手で彼女の顔をそっと包み、優しくキスをした。

柔らかくて温かく、すばらしい感触だった。恐怖心が消え、体に熱いものが広がっていく。キスがしだいに激しさを増すにつれ、ララはうめき声をもらし、彼の首に腕をからめた。

今よ。勇気を失わないうちに……。

「スレイド……」彼女はささやいた。「お願い」

彼はララをベッドに運んで服を脱がせ、髪を下ろしたあと、彼女が夢に見た以上のことをしてくれた。

吹雪はますますひどくなっていたが、ララは平気だった。いつまでもスレイドに抱かれていたい。彼とベッドを共にした理由など忘れてしまっていた。

彼は申しぶんのない男性だった。夢に見続けてきた恋人だった。彼の胸に頭を預け、ララはいつしか眠りに落ちた。

スレイドのキスで明け方に目覚めたとき、彼女は子ども欲しさで彼に近づいた自分の愚かさに気づいた。赤ちゃんは確かに欲しい。でも、今はそれ以外のものも望んでいる。

ララはスレイドが欲しかった。一生彼と一緒にいたい。もしかしたら、彼も同じように感じているかもしれない。長くすばらしかった夜が終わりに近づき、彼の瞳には落胆のようなものが宿っている。

私も同じ気持ちなのよ。ララはほほ笑んでみせた。「どうしたの？　サンタクロースはいないってわかったばかりの男の子みたいな顔をしているわ」

「なんでもない。除雪車の音が聞こえたから、もう道路も空港も大丈夫だろう。いつかまた君と会えたらうれしいな」

スレイドがほほ笑むと、ララの心はずしりと重くなった。私があなたに過大な期待をかけているかもしれないと思い、不安なのね。目の奥がつんとなってしまうのがいまいましいけれど、彼は確かになんの約束もしなかったわ。

「ええ」ララはほほ笑んだ。「そうね」

スレイドは誠実さを見せようとした。

「君の住所も電話番号も教えてもらってないね」

「朝になったら教えるわ」

ララはスレイドが寝入るまで待ち、それから服を着て静かに部屋を出た。

私が欲しかったのは赤ちゃんだけ……。

そうでしょう？　ララはボルティモア港を見下ろしながら思った。

インターコムの呼び出し音に、彼女はさっと窓から離れた。

「ミスター・バロンがお見えになりました。重役の方たちと会議室にいらっしゃいます。

すぐに来てほしいとのことです」

「ありがとう、ナンシー」

声は落ち着いていたわ。ララはコンパクトを取り出して鏡をのぞいた。顔もオーケー。しかし、髪を後ろに撫《な》でつける手は震えている。

「ばかなことを考えちゃだめよ、ララ」彼女は鏡に向かって話しかけた。準備はぬかりない。スレイドを早急にボルティモアから追い出さなければ。

ララはスカートのしわを伸ばし、机の引き出しからファイルを取り上げ、オフィスを出た。

3

ララはエレベーターで会議室のある階に向かった。

自信を持つのよ、私のほうが有利な立場にいるのだから。彼女は自分を叱咤《しった》した。スレイドはララの姓を知らない。ボーフォート銀行の会計監査主任がデンバーでベッドを共にした女性だと知って、彼は動揺するだろう。

エレベーターのドアが開く。ララは息を吸いこみ、肩をいからせて廊下を進んだ。

会議室のずっしりした扉は開いていた。鼓動が速くなる。ララは入口でためらい、スレイドの姿を捜して中をのぞいた。

いたわ。背をこちらに向けて窓の外を眺めている。顔が見えなくても、ララにはすぐわかった。背が高く、幅広い肩に漆黒の髪。どことなく傲慢《ごうまん》で、セクシーな雰囲気が漂う。頭に焼きついているスレイドそのものだ。あの長い夜ずっと抱いてくれていた理想の恋人……。

スレイドの引き締まった体が急にこわばった。

ララは息をのんだ。大丈夫、彼にわかるはずがないわ。とはいうものの、彼が振り返ったとたん、彼女はとらわれた獲物のような気持ちになった。

スレイドのハンサムな顔にいくつもの反応がよぎった。驚き、ショック、そしてセクシーでうれしそうなほほ笑みも。

ああ、まったく……。

会議室が回って見える。ララは脚に力をこめ、彼をよそよそしく一瞥《いちべつ》してから、目をそらした。もう誘惑されたりするものですか。

「やあ、ミズ・スティーブンス」

ララは声の主を見やり、快活に応じた。「ミスター・ドッブス、お待たせしてしまったかしら?」

「とんでもない、時間どおりだよ」エドウィン・ドッブスは彼女の腕を取り、前に進んだ。

「理事会のメンバーは全員知っているね?」

「もちろんですわ。こんにちは、ミスター・ロジャース。またお目にかかれて光栄です、ミスター・クレーマー」ララはにこやかに握手を交わし、たわいない世間話に加わった。

だが、心の中では不安が渦巻いていた。

スレイドは心もとない表情を浮かべた。ララに対し、なんの影響力も持たないのを悟ったらしい。

「こちらは建築家のミスター・スレイド・バロンで……」

ララの心臓は喉から飛び出しそうになった。ドッブスが彼女をスレイドのところまで連れていく。スレイドの顔から笑みが消え、岩の下に新種の生物でも発見したような表情で彼女を見ている。

「ミスター・バロン」ララは慇懃《いんぎん》に言い、手を差し出した。

「堅苦しい挨拶《あいさつ》だね、ララ」スレイドは彼女の指を強く握った。

ドッブスが眉を上げた。「知り合いかね？」

「いいえ」ララが言う。

スレイドは笑った。「ララが言いたいのは、お互い相手がどんな人物かよく知らない、ってことでしょう。そうだね、ララ？」

ララは彼を見上げた。スレイドは笑みを取り戻してはいるが、口の端が引きつり、灰色の瞳は嵐《あらし》の海のように濁っている。

「ええ」ほかに答えようがなかった。主導権はスレイドが握ってしまったのだから。「あまりよく知らないというだけで」ララは仕方なく言い、手を引っこめた。

ドッブスは考え深げにうなずいた。「ミスター・バロンを知っているとはひと言も言わなかったじゃないか、ミズ・スティーブンス」

「そうですね……」

んですから」

「無理もないでしょう」スレイドはもの憂げな笑みを浮かべた。「僕の姓を知らなかった

　ああ、地面が裂けて私をのみこんでくれたら。

「彼女とは空港で会ったんですよ。一年半ほど前だったかな、ララ？」

「天候が……」彼女はぎごちなく口を開いた。

「ああ、雪のせいだったね」スレイドは失礼にならないよう注意して笑った。「あんな大雪は初めて経験しましたよ、ミスター・ドッブス。でも、おたくのミズ・スティーブンスは賢い女性だ。おかげで僕たちは時間のつぶし方をいろいろ発見しましたよ」

「ほほう」ドッブスはわけがわからず、あいまいな笑みを浮かべた。

「そうですとも。僕たちは……いや、詳しいことは彼女から聞いてください」

　ドッブスに見つめられ、ララは唇をなめた。「こんな話を聞いてもおもしろくないでしょう？」

「そんなことないさ」スレイドが言った。

「聞かせてもらおうか」ドッブスはまだ眉を上げている。

「あのときは暇を持て余していましてね」スレイドは氷のように冷たい目でララを見た。

「隣にいたミズ・スティーブンスに話しかけてみたんですよ」

「たわいのない話をね」ララの笑みはかすかに引きつっていた。

「でも、僕たちには共通点がいろいろあることがわかった。ララのノートパソコンのバッテリーが切れていて、僕はたまたまスペアを持っていて……」

「パソコンの機種が同じで、彼が貸してくれると言ったんです……」

ララは言葉に詰まった。スレイドはほほ笑んでいる。礼儀正しさを装ってはいるが、ララには彼の本音がわかっていた。たとえ一夜限りの情事でも、女性は男性のベッドからこっそりと抜け出すものではない。そして、それをした女性は彼の人生に二度と顔を出してはならない、特に仕事の場面には。

彼のプライドにかかわる問題なのよ……。そう察したとたん、ララは勇気を取り戻した。

「とにかく、ミスター・バロンには親切にしていただいて」彼女はまばゆい笑みをスレイドに向け、立ち直りの早さに彼がとまどうのを見て喜んだ。「またお目にかかれてうれしいですわ」

エドウィン・ドッブスは咳《せき》払いをした。「自己紹介も終わったことですし……。ミスター・バロン、プレゼンテーションを始めていただけますか？」

「承知しました」スレイドは答えた。

プレゼンテーションならお手のものだ。パソコンのスイッチを入れ、映写機を使ってスクリーンに設計図を映し出しながらポイントを指摘していけばいい。理事たちは感心して見入るばかりだろう。

会議が始まる前にドッブスは言った。〝我が社の監査役があなたのプランを検討しましてね。会議には彼女も同席しますから、見積もりに関して意見がまとまると思いますよ、ミスター・バロン〟

〝わかりました〟スレイドは礼儀正しく答えた。

そのとき、彼は背筋にちくりと妙な感覚が走るのを覚えた。誰かに見られている。振り返ると、どうしても忘れられない女性――ララの姿が戸口にあった。スレイドは目を疑った。

世間は狭い、という陳腐な言葉が頭の中を駆けめぐる。笑みが浮かびかけたとき、ララの冷たい視線を浴び、スレイドは現実に引き戻された。

僕が来るのがわかっていたのか……。

僕の作成した書類を彼女に渡したとドッブスは言っていた。ララが抱えているファイルは設計図のデータだろう。僕は電話番号も住所も書き、写真までつけておいた。

ララは今日の再会を知りながら、なんの連絡もよこさなかった。僕に不意打ちをくらわせたのだ……。なんのために？

スレイドにはわからなかった。

どうして彼女はあんなに冷たいんだ？　寝室から抜け出したのは僕じゃない。

「ご覧のとおり、私は伝統を重んじるという皆さんの意向に沿いつつ、未来に向かって前向きな姿勢も……」

僕はまともに話をしていたのだろうか？　もちろんんだ。重役たちはじっと僕を見つめている。しかし、ララは違う。

彼女はドップスの隣に座り、磨き抜かれたテーブルの上に両手をきちんと組んでいた。まるで、僕が墓穴を掘っているとでも言いたげな顔つきで。

いったいどうなっているんだ？

戸口に彼女の姿を見つけたときはショックだったが、うれしくもあった。あれから何人もの女性とつき合ったけれど、ララのような女性は見つからない。

運命が僕たちを再び結びつけたんだ。会議が終わったら彼女にきこう。週末はどうするつもりだい？

だが喜びは長続きしなかった。彼を見たララの顔は雀《すずめ》を狙《ねら》う猫のようで、スレイドは気分を害した。この女性がボーフォート銀行の重役たちに、僕がはじきだした数字の信頼性を説くというのか？

冗談じゃない。

彼女はこの世でいちばん信用できない人物だ。見知らぬ男性との情事は生まれて初めてだ、と信じこませるようなトリックも使っていた。恥じらうように僕に触れ……。ちくしょう。

スレイドは顔をしかめ、会議室のテーブルを素早く見回した。重役たちは、相変わらずスクリーンに映し出された図面を眺めている。少しは救われた気分だった。

心ははるかデンバーのホテルをさまよっていても、頭脳だけは自動的に動き、プレゼンテーションは終わった。成功だ。ドッブスの顔は満足げだし、感嘆の声も聞こえてくる。ララは仮面のような表情を崩さなかった。

「ありがとうございました、ミスター・バロン。非常に啓発されました」ドッブスが言った。

さっさと質疑応答に移ったほうがよさそうだ。スレイドはララを見た。

「ありがとうございます。でも、ミズ・スティーブンスは質問があるようですね」

「ええ」

言うべき意見も、相手をどきりとさせる数字も山ほどある。スレイドをここから追い出すためなら、ララはどんなことでもする覚悟だった。

まもなく会議室のテーブルには書類の山が築かれた。そのすべてが、プロジェクトの設計から完成までの採算上のリスクを詳しく述べたものだった。

スレイドは雰囲気が一変したのを察した。ついさっきまではにこやかな表情を浮かべていた重役たちの眉間《みけん》に、深いしわが刻みこまれている。スレイドの視線をとらえたララが愛想笑いを浮かべた。

スレイドもすぐにほほ笑み返した。

ララは何を考えているんだ？　僕をデンバーのホテルの一室に置き去りにしただけでは足りず、さらに僕に恥をかかせようというのか？

歯の根ががたがた鳴るまで体を揺さぶってやろうか……。それとも壁に押しつけ、癪《しゃく》にさわる笑みが消えるまでキスしてやろうか。スレイドはララのブラウスの手ざわりも、手の中で熱く息づく彼女の胸の感触も、まざまざと思い起こすことができた。

ここにいる間抜けどもの目はごまかせても、僕をだませやしない。あの夜の出来事を忘れられるはずがないんだ。僕をこの街から追い出せば記憶を消せるとでも思っているのか？

ここが戦場だというのなら、戦う準備はできている。

スレイドは拳《こぶし》をポケットに隠して穏やかな表情を浮かべ、ララの話が終わるのを辛抱強く待った。

「というわけで、ミスター・バロンの設計はすばらしいと思いますが、我が社といたしましては、予算の枠内で彼のプロジェクトを推進するのは無理があるかと存じます」

ララの声も笑みも自信にあふれていた。

会議室は静まり返った。ドップスを始め、重役たちはララからスレイドへ視線を移した。

「では、ミスター・バロン」議長のドップスは咳払いをして言った。「ご意見がおありでしょうな」

スレイドはうなずき、静かに答えた。「はい」

彼は全員の視線を感じながら会議室を横切り、窓辺で深く息を吸いこんで振り返った。重役たちが興味津々で彼を見ているなかで、ララだけは油断のない顔つきをしていた。

「ミズ・スティーブンスのご意見は非常に興味深いものでした」スレイドは笑みを浮かべて一同を見渡したが、ドップスと目が合うと真顔に戻った。「ただ、正確さに欠けていました。どうやら重要なポイントをいくつか混同されたようです」

ララの意見は五分ほどで論破されてしまった。彼女は数字には強かった。だが、建築に関しては知識が乏しいうえ、スレイドの力量を過小評価していた。

スレイドが話し終えると、会議室はまた静まり返った。ドップスはほかの重役たちとひとりずつ視線を交わしたあと、テーブルに両手をついた。「役目を立派に果たしましたな、ミスター・バロン」

スレイドは晴れやかな笑みを浮かべた。父親のおかげだ、と思ったのはおそらくこれが初めてだろう。

〝勝ちたいと思うだけではだめだ。準備万端ととのえて勝ちにいかないとな〟父ジョナスは、この哲学を息子にたたきこんでいた。

スレイドはどうしてもこの仕事をものにしたかった。うるさい会計監査の対策も周到にただ、まさか相手がララだとは思わなかった。

それだけになおさら、この勝利がうれしい。このスレイド・バロンを二度もだますことはできない。君はあんなふうにベッドを抜け出して、僕をだました前科があるんだ。

ドッブスは椅子を後ろに引いて立ち上がった。会議終了の合図だ。ほかの重役たちも頭取にならった。

「貴重な意見をありがとう、ミズ・スティーブンス。あなたが指摘した問題は委員会で検討しよう」

ドッブスにねぎらいの言葉をかけられ、ララはうなずいた。「どういたしまして」

ドッブスはテーブルを回り、スレイドの背中をたたいた。「うちのミズ・スティーブンスがいろいろと申し上げまして、ご迷惑でなかったでしょうか」

「とんでもない」スレイドはララを見た。無表情だった。僕も感情が表に出ていなければいいが……。スレイドにはまだ、ララの本心がわからなかった。どう考えても納得できない……。彼女が別の男性とつき合っているのなら話は別だが。

その瞬間、スレイドの顎の筋肉が緊張した。

ああ、それなら説明がつく。僕は彼女が浮気したのを知る生き証人だからな。

スレイドは彼女の左手を見た。薬指に細い金の指輪が光っている。

スレイドはララの手から目を離し、深く息を吸いこんだ。そうか、彼女は結婚したんだ。

それがどうした？　僕には関係がない。僕たちははるか昔に一度セックスしただけじゃないか。彼女は彼女の道を進み、僕は僕の道を進んだ。そして彼女には今や夫がいる。そう考えれば、納得がいく。ララは僕が彼女の夫にばらすとでも考え、警戒しているのだろう。

自分の身を守るために僕を苦しめようとしたのか。スレイドは無性に腹が立ち、彼女にはっきり言ってやろうと思ったが、ララの姿はすでになかった。

逃げるのは彼女の得意技らしいな。でも、今度ばかりは逃すものか。

スレイドは重役たちと握手を交わした。ドッブスが彼をドアの方へ導く。

「すぐにご連絡いたします、ミスター・バロン」

スレイドはうなずいた。「お待ちしています。ああ、ところで、おたくのミズ・スティーブンスは不正確な指摘をしていましたね」

「仕事熱心でしてね」ドッブスは笑った。「ここだけの話ですが、少々やりすぎでしたな」

「確かに熱心ですね。彼女と話し合いたいのですが、どこに行けば会えますか？」

「四階の財務フロアですよ。受付におっしゃってください。お心遣いに感謝しますよ、ミスター・バロン……」スレイドとお呼びしてかまいませんか？」

「もちろんですとも」スレイドはほほ笑んだ。

受付は親切に応対してくれたが、ララの秘書は厳しかった。「お約束のない方はお通しした。
ララは窓辺に立っていた。ドアの開く音に振り返った彼女は、スレイドを見て顔を赤く
だが、スレイドは無視してドアを開けた。
できません」

「お止めしようとしたのですが……」

「秘書に出ていくよう言いたまえ」スレイドは冷たく言った。

「警備員を呼びましょうか……?」

スレイドはかまわずに部屋の中へ足を踏み入れた。

ララはごくりと唾《つば》をのみこんだ。「大丈夫よ、ナンシー」驚いたことに、声は落ち着き払っていた。脈拍数は跳ね上がっているのに……。彼女は明るく続けた。「こちらはミスター・バロン。今の会議で意見の食い違いがあったの。それだけよ」

スレイドは背後のドアが閉まるのを確認して静かに言った。「君を過小評価していたよ、シュガー」

「何がお望みなの?」

スレイドは荷物を椅子に置き、彼女の方に歩み寄った。「僕は君のことを快楽を追い求める情熱的な女性だとしか見ていなかった……」

彼女の顔は蒼白《そうはく》で、身じろぎもしない。

「でも、君の本能は鮫《さめ》と同じだとわかったよ」

ララは前に進み出て腕組みをした。ここは私の仕事場よ。脅迫などさせるものですか。

「もう一度きくわ、スレイド。何が望みなの？」

「君にお祝いの言葉を述べたいだけさ」スレイドはもの憂い笑みを浮かべた。「会議室ではみごとなパフォーマンスだったね、ミズ・スティーブンス」少し間をおいて続けた。

「それとも、ミセスと呼ぶべきかな？」

ララは唇を噛《か》みしめ、左手の薬指にはめた指輪にちらりと目をやってから、彼を見た。

「ええ」

「ええ、ってそれだけかい？」スレイドは彼女の机の端にもたれた。「つれないね、シュガー。いつ結婚したんだ？　僕たちが会ったあとだろう？　それともあのときは、指輪をはずしていたのかな？」

ララは肩をいからせ、嫌悪の目で彼を見た。「答える気はないわ。用がすんだのなら……」

「誰なんだい、運のいいやつは？　君のご主人にビールでもおごりたいね」

ララは男性の名前を適当に言おうとして、気が変わった。「あなたをがっかりさせて悪いけれど、無理よ。離婚したんですもの」

スレイドは眉を寄せた。「本当かい？　一年半の間に結婚して離婚したというのか……。

ダーリン、君はずいぶん忙しい生活を送っていたんだね」

ララは机の前の椅子を引き、腰を下ろした。「本当に忙しいの。用があるのなら……」

「そのとおり。用があるんだ」スレイドは彼女を見つめた。ララは書類を引き寄せ、ぱらぱらとめくっている。僕のことなど壁のしみ程度にしか思っていないという態度だ。スレイドの血圧は一気に上昇した。「人が話をしているときは相手を見たまえ、ミセス・スティーブンス！」

ララは顔を上げた。青い瞳には挑戦的な光が宿っている。「私のオフィスから出ていってちょうだい、ミスター・バロン！」

「ああ、君が弁解したらすぐに出ていく」

「弁解することなんて何ひとつないわ」

「あの日どうして僕から逃げ出したのか、教えてもらいたい」

スレイドは別のことを言うつもりだった。なぜ今回の仕事を失敗させようとしたのか、なぜ彼と手を切ろうとしたのかを、ききだそうと思っていたのだ。しかし、自分の言葉を耳にしたとたん、彼はこれこそが本心であることに気づいた。

「あなたに説明する義務などなくてよ！」

ララの瞳は熱っぽく輝き、口もとは震えている。キスをしたときの柔らかさが思い出される。愚かな行為に及ばないうちに、この部屋から出ていくんだ。スレイドは自分に言い聞かせようとした。

とんでもない。彼はいきなり机を回ってララの腕をつかみ、立ち上がらせた。

「ああ、確かにそのとおりだ」

スレイドは彼女を抱き寄せ、キスをした。

4

問題を複雑にしてしまう人間は、どういう頭の構造をしているのだろう？

金曜日の朝。スレイドはボストンの自宅に戻っていたが、いまだに答えを見いだせなかった。

吹雪の日に出会った女性を誘惑した。それ自体は過ちではなかったと思う。スレイドはバスルームの鏡をのぞいて顔をしかめた。一年半を過ぎた今も彼女のことを忘れられない、というのがいけない。

スレイドは顎に石鹸《せっけん》の泡を塗りたくった。

会議室で冷静さを失ってしまったのは、さらにまずかった。まあ、完全に自分を見失うところまではいかなかったが。スレイドは険しい表情を浮かべて剃刀《かみそり》を手に取り、頬に当てた。

だが、会議室でのことも最後に見せた醜態とは比べものにならない。ララのオフィスに押し入り、秘書に乱暴な態度をとった。あの秘書は僕が精神異常者だと思っただろう。ララとの対立はたいした問題ではない。会議中に僕の足を引っ張ろうとしたことも、あのホテルからこっそり姿を消したことも……。

ララはさっさとベッドから出ていってしまった。あと一時間は彼女を抱いていたかったのに……。

剃刀が滑った。「くそっ」顎から深紅の血がにじみ出る。

スレイドは剃刀を洗面台にほうり投げ、ティッシュを一枚つかんだ。僕は何をいらだっている？　確かに火曜日は過剰反応をしてしまったが、それがどうした？　あのとき僕は怒りに駆られていた。情熱などあるものか。ララの机の上の電話が鳴り、僕は現実に引き戻され、彼女のオフィスをあとにした。でも、彼女の唇は確かに柔らかくなっていた……。

ティッシュに血が広がっていく。スレイドは洗面台の下の引き出しを次々に開けていき、ようやく見つけたスティック状の止血薬を傷口に塗りつけた。出血が止まると、彼は寝室に戻った。

だからどうだというんだ？　あの女性とかかわるとろくなことがない。僕は仕事を取りつけるためにボルティモアに出向き、目的を達した。帰宅したときには、仕事を僕に依頼するというドップスからのメッセージが留守番電話に入っていたのだ。

それ以上何を望むというのか？

僕の頭の中から出ていってくれとララに頼むか。

「ばかな」スレイドはいったん手にしたスーツを投げ捨て、ランニングパンツと古いハーバードのTシャツを着た。そしてジョギングシューズを履き、階段を駆け下りた。けさ、日課となっている八キロのジョギングはすませたが、もう一度走らないことには気分がおさまらない。スレイドは外に出て、チャールズ川べりのジョギングコースへ向かった。

一時間前に走ったときは、もっと涼しかったのに……。でも、いい。倒れるまで走ったら、ララの亡霊を追い払えるだろう。

彼女の顔も、声も、熱い体も、その味も、何もかもはっきりと思い出せる。ララのオフィスでキスをしてから三日もたっているというのに、十五歳で卒業したはずの興奮状態で目が覚めてしまうのだ。

火曜の夜が過ぎ、水曜、木曜が過ぎた。もういい加減でララを忘れたい。だが、どうしてもできない。

水曜日は終日働き、夕方になってすばらしい金髪女性に電話をした。先約があると聞いてスレイドは安堵《あんど》の笑みを浮かべたところ、案に相違して彼女は先約のほうを断った。彼は金髪女性をディナーに誘い、野外コンサートに連れていった。その晩はグリーン川を見晴らせる彼女のアパートメントに泊まるはずだったが、彼女がスレイドの腕の中に滑りこみ、細い指でネクタイをはずし始めたとたん、彼は急に逃げ出したくなった。

〝いけない〟スレイドは彼女の手から逃れた。〝大事なことを忘れていたよ。オフィスに戻らないと〟

〝こんな真夜中に?〟

彼女の問いかけに、彼はうなずいた……。

スレイドはうめき声をあげ、腕と脚をいっそう速く動かした。

きのうは出社せず、運動にのめりこんだ。朝のジョギングのあと、自分の家のジムでサンドバッグ相手に一時間ほど格闘した。午後は川でボートを漕《こ》ぎ、夕方はピザを取り寄せ、テレビの前でのんびり過ごした。

ララのことはもう忘れた。スレイドは確信した。しかし明け方、思い出すのも恥ずかしい夢を見てしまった。そして、息を切らして家に向かっている今も、頭の中はララでいっぱいだ。

スレイドはよろめきながら家の石段を上り、汗でぐっしょりとなったランニングパンツもTシャツも脱がずにシャワーを浴びた。顔にシャワーを当てながらも、思い浮かぶのはララのことばかりだ。あのとき、なぜ僕はキスをしたんだろう。電話がかかってこなかったら、どんな展開になっていただろう。いくら強がりを言っていても、ララは今でもあの続きをしたかったはずだ。腕の中で彼女がとろけていくさまが目に浮かぶ。セクシーなうめき声も、心臓の鼓動も……。

あれほどの女性と結婚して一年半足らずで離婚する男の気が知れない。いったいどんなやつなんだ？

「僕には関係ないさ」スレイドは言い捨てて、シャワー室を出た。

しばらく休んだほうがよさそうだ。ボーフォート銀行のほかにも依頼は来ている。設計や会議が目白押しで、来週末にはドッブスとの会食も控えていた。

〝週末はこちらでお過ごしください。街を案内いたしましょう〟ドッブスは申し出ていた。ララの住む街で週末を過ごすのは問題ない。僕にとって彼女は過去の遺物に等しいのだから。

結構ですね、とスレイドは答えた。

彼は身支度をととのえ、ブーツを履き、シルクのネクタイを締めて元気よく階段を下りていった。

スレイドは九時にはオフィスの机に向かい、カレンダーをめくっていた。今日は昼食会があり、三時には電話会議が入っている。そして、トラビスへ電話、と彼自身の手でメモしてあった。

長兄のトラビスはきのう、独身男性を競りにかけるオークションに出場させられたのだ。兄は身を固めようとしたが失敗した。結婚して幸せにやっているのは次兄のゲイジだけだ。でも、彼の妻のナタリーは女性じゃない。あれは天使だ。

スレイドは足首を組み、両手を頭の後ろで組み合わせた。つき合う女性を次々に替えるのは楽しい。そうやって僕もジャックもテッドも成長しているのだから。

スレイド、ジャック・ハガティ、テッド・レビンの三人は、ハーバードを卒業して同じ大手の建設会社に就職した。スレイドはすばらしい建築家に成長したが、父親は末息子の職業を評価しなかった。

「お前は一生他人の家の図面を引いて終わりたいのか」父ジョナスはゆっくりと言った。「好きにするがいい。そんな甘っちょろい夢を持ったやつに、わしは一セントもやらないからな」

スレイドは失望するどころか、喜んだ。「いいよ、父さん。自分でなんとかするから」

高校の成績は最悪だった。無理もない。十六歳から十八歳まで、バイクと馬と女性に明け暮れていたのだから。テキサスの小さな大学に入学できたのは、バロンの名前と莫大《ばくだい》な寄付金のおかげだったが、彼は猛烈に勉強し、ハーバードの大学院に合格した。その後は金融街のバーで働き、生活費を稼いだ。

このアルバイトがすべてを変えた。スレイドは客の仲買人たちから株の知識を学び、かつてバイクや女性に注いでいたのと同じ情熱を株式相場に注いだ。大学院を卒業するころには、自分でも驚くほどの金がたまっていた。就職して一年ほどたってから、彼は有り金をはたき、ジャック、テッドと共に新しい会社をおこした。

三人の会社は大成功を収めた。

スレイドは天高くそびえる高層建築が得意だった。古い建物の修復にかけてはテッドの右に出る者はなく、ジャックは人目を引くような住宅の設計にすばらしい才能を発揮した。

スレイドは仕事も、ボストンの街も、自分の人生も愛していた。車はダークグリーンのジャガーと黒く艶《つや》光りのするブレイザーの二台を乗り回し、メーン州の森には山小屋を、ボストンにはギリシア建築を模した、弓形の張り出し窓がある家を持っていた。そのうえ、彼は女性たちとうまくやっていた。女性で悩んだことは一度もなかった。今までは……。

スレイドの顔がゆがんだ。

女性の心を読み取るのはたやすい、とたかをくくっていた彼は、不幸にも、ボストンの高級住宅地ビーコン・ヒルの細く曲がりくねった道よりも複雑な思考回路の持ち主とかかわり合ってしまったのだ。

「ミスター・バロン？」

スレイドは顔を上げた。秘書は産休で、今は優しく有能な若い女性が代わりを務めている。彼女はスレイドを見るたびに顔を赤くする。だが、彼は部下や同僚には決して手を出さないようにしていた。

それなら、ララはどうなる？　キスをしたじゃないか、それも彼女のオフィスで！

スレイドは背筋を伸ばし、咳払《せき》いをした。

「なんだい、ベッツィー?」

「今、この封筒が届きました。メッセンジャーが持ってきたんです」

スレイドは礼を言って受け取った。おもしろい。差出人の名前も住所もない。

「ほかにご用はありますか?」

「コーヒーをもらおうか。ミルクも砂糖もいらない」

ドアが閉まると、スレイドは分厚い封筒を開けた。中には上質皮紙の封書が入っている。彼はそれを取り出し、香りを嗅《か》いでから封を切った。優雅な手書きのカードにはこう書いてあった。


ジョナス・バロン氏の八十五歳の誕生日式典にご出席いただきたく、ご案内申しあげます。

日時　六月十四日、十五日(土、日)
場所　バロン牧場〈エスパーダ〉
ブラゾス・スプリングス、テキサス
ご返事お待ちしています。

「なんてことだ」スレイドはつぶやき、カードの下の方に走り書きのメモがあるのを見て目を丸くした。

〝言い訳は聞かないわよ。二日くらいボストンの女性たちに暇をあげなさい〟

終わりに太い大文字で〝C〟と記され、小さなハートのマークが添えられている。スレイドは思わず笑ってしまった。義理の妹のケイトリンだ。長年の経験から、兄たちは荒っぽく扱わないとだめだ、と心得ているらしい。

父さんももう八十五か。ショックだな。ケイトリンは優しいから、父親を祝ってやりたいんだろう。二年前に会ったとき、ジョナスは相変わらず頑丈そうに見えた。歳《とし》などとらないような感じだったのに……。でも、誕生パーティは欠席だ。それでなくても最近はごたごたしているというのに、父さんにまでなんのかんの言われるのはごめんこうむる。

スレイドは時計を見た。今、このカードを見ているのは僕だけじゃなさそうだな……。

電話が鳴ったのは、まさに手を伸ばしかけたときだった。

「スレイド、元気か?」トラビスがテキサスなまりで言った。

スレイドはほほ笑み、カードを持って椅子の背もたれに体を預けた。

「けさ、配達人が戸口に現れるまではね」

トラビスは笑った。「さすがケイトリンだ。時差まで計算に入れている。ということは、ゲイジも今ごろこの紙爆弾を見ているな」

「ああ。僕も兄さんに電話しようと思っていたんだ。例のオークションはきのうだったんだろう？」

返事はすぐには返ってこなかった。「それがどうした？」

スレイドは眉を上げた。「おやおや、そんなにつっかかるなよ」

「僕はこの招待について相談したいだけだ」

「相談ならご自由に。僕は行かないから」

「金持ちの建築依頼人たちは、その気さくな言い方を喜ぶんだろうな」

「そんなことより、オークションの話を聞かせてくれ」

「どこかのレディが僕を競り落とした」

「運のいい女性だ。名前は？」

「アレクサンドラ。これでこの話は終わりだ」

「落札価格は？　よその法律事務所のライバルより上だったかい？　お買いあげの女性は美人かい？」

「その男にはうんと差をつけてやった。女性のほうはまずまずだ。ああいうタイプが好みならな」

「すると、今、彼女とそこにいるんだ？」スレイドはにやりとした。

「そう言ってもいい」

「やっぱりつわものだな、トラブは」

「スレイド、ほかのことは考えられないのか？」

「誕生パーティのことなら、話すことはない。僕は行かないって言っただろう」

「ジョナスは八十五になる。ゴール間近だ」

「確かに人生の大きな節目だろうが、みじめな週末を過ごすのはごめんだね」

「二百人は集まるだろうから、おやじも息子たちに噛《か》みつく暇はないさ。それに、ケイトリンをがっかりさせたくないしな」

「どうしたんだい、トラブ？ 街を抜け出したがっているみたいじゃないか」

トラビスは咳払いをした。「たまには景色が変わるのも悪くない」

「女難に見舞われたな」スレイドはため息をついた。

「お前にわかるのか。結婚の経験があるのはゲイジと僕だからな」

結婚がからんでいなくても、女性問題に悩まされることだってある。だが、スレイドは賢明にも、話の方向がそれている、と兄に指摘しただけだった。

「それで、パーティだけれど」

スレイドはきっぱりと断った。「僕は行かないよ。そんな暇はない」

「そうか、もう兄貴に納屋に閉じこめられる年齢じゃないわけだ」兄弟はしばし笑い合った。「頼みがあるんだ。僕がゲイジに電話する間、このまま切らないでくれ」

スレイドは椅子の背にもたれ、脚を机の上にのせた。

「二人がかりで説得しても無駄だよ。ゲイジが喜び勇んで行くと言っても、僕の気持ちは変わらないからね」

「いいさ。だが挨拶《あいさつ》くらいはしろよ」

トラビスがゲイジの電話番号を押している間、スレイドは音を出さずに口笛を吹いていた。ゲイジはすぐに出た。電話のすぐ近くにいたらしい。

「ベイビー」彼は言った。「ナタリー、愛しているよ……」

トラビスもスレイドも笑った。

「私もよ。愛しているわ」トラビスが裏声で答える。

「トラビス？　トラビスかい？」

二人の兄のやりとりを聞いてスレイドはにやりとし、割って入った。「僕もいるよ。元気かい、兄さん？」

「信じられないな！　君たちはマリブで再会したのかい？　それともボストンか？　ビーコン・ヒルの古い大邸宅で楽しんでいるとか？」

「僕はボストンだよ」

スレイドに続いて、トラビスが楽しそうに笑いながら答えた。

「僕はマリブだ。科学の進歩のおかげで、三方向の通話が可能になったというわけだ」

「電話をこんなふうに使うのは僕たちくらいさ」スレイドが言ったとき、ドアが開き、ベッツィーがコーヒーのマグカップを手にして現れた。「ありがとう、ダーリン」何気なく彼女の顔を見て、スレイドはしまったと思った。

耳もとでトラビスがうなった。「ダーリンなどと言うな。でないと、お前のしゃれた邸宅に乗りこんで、昔みたいにひっぱたいてやる」

兄たちと一緒に笑ったあと、スレイドはコーヒーをひと口すすった。気持ちが晴れていくのがわかる。

「さて」トラビスが言った。「できるものなら避けたい話だが、そろそろ現実に目を向けようか」

「招待状の件だな」スレイドが言う。

「やっぱり来たか」ゲイジが言った。

「朝いちばんに。トラブもそうだ。お客が来ている最中にね。そうだろう、トラブ？」

「ああ」トラビスはさらりと受け流した。「苦行への招待状で起こされるのは最高だよ。ましで、そう取りこみ中のときにはな」

スレイドは笑った。「大変な人生だな」

「お前なら同情してくれると思ったのに」トラビスは笑いを含んだ声で言った。「何年も前に自由を手放したゲイジはともかく。ナタリーはどうしている？　うまくやっているのか？」

「彼女なら元気さ」

スレイドは眉を上げた。ゲイジの口調がやけに硬い。トラビスも察したに違いない。

「ゲイジ、大丈夫なのか？」

トラビスも続いた。「うまくいっているのかい？　なんだか怪しいな」

「二人でそうやって一日じゅう遊んでいればいい。僕にはすることがあるんだ。さっさと本題に戻ろう」

沈黙が流れた。何かがまずいことになっている。だが、スレイドはゲイジにあえて説明を求めなかった。バロン家の兄弟たちは、話を聞いてほしいときには自分から打ち明けるが、そうでないときは頑としてしゃべらない。

「わかった」スレイドは言った。「それで、おやじが今月半ばに計画した茶番劇にどう対処する？」

「無視する」ゲイジは断固たる口調で言った。「僕には……」

「することがある」トラビスが言葉を継いだ。「僕だって『リア王』の舞台稽古《げいこ》のためにエスパーダに戻りたいとは思わないが……。僕が言いたいのは、つまり……ジョナスは死を意識し始めているんだ」

スレイドは鼻を鳴らした。「まさか。父さんは百まで生きる気だよ」

「だが、自分の築いた王国をどう後世に残すか考える時機が来たと思っているんじゃないのか」

「まあ、おやじがどう思おうと、みじめな週末をエスパーダで過ごすつもりはない」ゲイジは無愛想に言った。「僕抜きでパーティを楽しんでくれ」

スレイドは、自分が何か言うのをトラビスが期待していると感じた。ケイトリンの期待を裏切り、トラビスひとりでジョナスに対面させるのは申しわけない。彼はスケジュール帳を繰り、格好な口実を探した。出張とか、会議とか……。

そうだ、週末はドップスと会う予定だった。

「待ってくれ」スレイドは言った。「僕はその週、ボルティモアに行く予定なんだ」

「言い訳するな」トラビスが言った。

「違う……」スレイドは言いよどんだ。エスパーダに行けば、ボルティモアには行けないことになる。つまり、ララのことを思いながら、彼女の住む街で二日間を過ごさなくてすむわけだ。「ボルティモアの新しい銀行の設計に……」

「むきになるなよ、スレイド」トラビスは深呼吸をひとつした。「冗談さ」

「いいんだ……」

スレイドはまた言いよどんだ。ボルティモアのほうは、テッドかジャックに行ってもらってもいい。ドップスならわかってくれるだろう。八十五歳の誕生日はめったに祝えるものではない。ケイトリンは盛大なパーティを計画している。ゲイジは行かないと断言した。

トラビスひとりをエスパーダに行かせていいのか？　スレイドは背筋を伸ばした。

「確かに口実には違いない。銀行の件は事実だが、ボルティモア行きはやめようと思えばできるんだ」

「哀れだね。大の男三人が故郷に帰るのをいやがっている」ゲイジが言う。

「とにかく、おやじは八十五歳のご老体だ。それに、ケイトリンもいる」

「あいつを失望させるのはつらいな」スレイドが言った。

「僕もだ」ゲイジが同意した。「でも、僕にはほかに選択肢がない」

「ああ、選択肢など端《はな》からない。全員行くしかないんだ」トラビスはさらに説得を試みたあとで、弟たちに問いかけた。「たかが二日間だ。そんなに大変な頼みか？」

スレイドが応じた。「トラブの言うとおりかもしれないな。出席しよう」

「僕は無理だ。どうしても片づけなければならない用事がある」

トラビスはなおもあきらめず、弟に食い下がったが、ゲイジはにべもなかった。

「君たち二人を誇りに思うよ。でも、僕は忙しい。今、微妙な問題を抱え……。すまない。いらだったりして。でも、やっぱり行けない」

「いいさ」トラビスが言った。

「わかったよ」ややあってスレイドも言う。

沈黙が流れ、咳払いの音が聞こえた。

「じゃあ」三人は同時に言い、口早に別れの挨拶を交わして電話を切った。

少ししてからスレイドはゲイジの電話番号を押した。「ゲイジかい？」いきなりきりだす。

「ああ。なんだい、スレイド」ゲイジの声は沈んでいる。

「なあ……あの、もし何か必要なら……」

「君に電話しよう」

スレイドは顔をしかめた。「そうしてくれ」電話を切り、今度はトラビスの番号を押す。

「トラブ、ゲイジにかけ直したよ。ゲイジがあれほど感情をあらわにするなんて、たぶん初めてじゃないか」

「ああ。だが、なんであれ、話したくないらしい」

「ナタリーとしっくりいってないのかな？」

「まさか。二人は幸せの絶頂で結婚したんだ。ナタリーはすばらしい女性だからな」トラビスの声がそっけなくなった。「彼女は男性を操ろうとしたりしない。駆け引きもしなければ、秘密も作らない」

ベッドではすてきだったけど、もうあなたの顔は見たくもないわ、っていう女性もいるからな。スレイドは自嘲《じちょう》ぎみに笑った。「説明してくれよ」

「女性ってやつは、どいつもこいつも我慢ならないってことさ。熱く燃えたかと思うと、すぐに冷たくなる。次にどんな反応を示すか、わかったものじゃない」

「まさにそうだね……」スレイドは暗い声で同調し、口ごもった。「トラブ？　今のは別れた奥さんの話なのかい？」

「そんなことはないさ。でも、この話はもうしたくないね」

スレイドはため息をついた。いい歳をした兄弟が三人とも問題を抱えている。どの問題にも香水がまとわりついているに違いない。

「わかったよ」彼は明るく聞こえるように努めた。

「スレイド？」トラビスの声が優しくなった。「エスパーダでお前に会うのを楽しみにしているよ」

スレイドは即座に応じた。「僕もだ」

彼は受話器を置くと、椅子を回して窓から川を見下ろし、ため息をもらした。テキサスに戻るつもりはなかったのに……。だが、兄や妹に会えると思うと、スレイドは来週の土日が楽しみになった。

少年時代のバロン三兄弟は、週末になるとしょっちゅう狼《ロス・ロボス》どもの集会を開いた。ジョナスが再婚してからは、新しい妻の連れ子ケイトリンもメンバーに加わった。

スレイドはほほ笑んだ。今の僕にはああいうのが必要なんだ。小川で泳ぐもよし、草原に寝そべって語り合うもよし。何はともあれ、ボルティモア行きをキャンセルできる格好の理由が見つかった。

スレイドはララとの再会を恐れていたわけではない。ただ、性的な刺激に満ち、頭にこびりついて離れない女性に、これ以上わずらわされたくはなかった。

5

「ミズ・スティーブンス？」

メモを読んでいたララは顔を上げた。秘書がほほ笑みながら戸口に立っている。

「もう六時ですが」

ララはため息をつき、机に頬杖《ほおづえ》をついた。「ミスター・ドッブスは戻られた？」

「いいえ。頭取の秘書に確認しましたが、予定どおりミスター・ハガティがここであなたとお会いになり、〈フライング・フィッシュ〉に向かえば、頭取もできるだけ早く合流するそうです」

「わかったわ」ララはむっつりと言った。

「いらっしゃるのがミスター・バロンでなくて残念ですわ」

ララは秘書を一瞥《いちべつ》した。「どうして？」

「だって、すてきな方ですもの……」

「これは仕事上の集まりなのよ、ナンシー。大理石と御影石《みかげいし》ではコストがどの程度違うかなどと話しているときに、相手の顔など気にしていられて?」

「でも、ロマンチックですわ。ミスター・ハガティがどんな顔の持ち主だって……」

ララはにやりとした。「言葉には気をつけるのよ。おやすみ、ナンシー。いい週末を」

「おやすみなさい、ミズ・スティーブンス」

ドアが閉まると、ララの顔から笑みが消えた。

ドッブスはけさになって長々と釈明した。

〝実は今夜、スレイドの同僚と夕食会があるんだが、時間どおり行けそうにない。すまないが、彼をレストランに案内し、私が行くまで彼をもてなしてくれないか〟

ララは机に肘をつき、こめかみを押さえた。ドッブスには〝ノー〟と言えなかった。来るのがスレイドだったら、あとさきを考えずに断っていた。彼は好きになれない。エゴのかたまりみたいだし、あの男くささにはうんざりだわ。

ララは顔をしかめた。

わざわざ私のオフィスまでやってきてデンバーで出し抜かれた雪辱を果たそうとしたのよ。自分のほうがすぐれているということを見せつけ、私に恥をかかせたかったんだわ。

ララは不意をつかれたため、いとも簡単に傷を負わされてしまった。立ち直る時間さえあれば顎にひびを入れてやったのに。彼のいちばん弱い部分に膝蹴《ひざげ》りをくらわしてもよかったのだ。

ララは深いため息をつき、電話に手を伸ばした。

キスされたとき、彼のなすがままになっていた自分が腹立たしい。頭を働かせる暇さえあったら……。この十日あまり、ララは自分の無力さをつくづく感じていた。あのとき、不覚にも膝の力が抜けてしまったみたいに、彼の上着をつかんでしまった……。

ララはうめいた。

どうして自分に嘘《うそ》をつくの？　本当に膝から力が抜けたくせに。スレイドのキスで気分が変になったのよ。触れられただけで、彼を憎む理由も忘れてしまうなんて。彼にはわかっていたに違いない。本当に傲慢《ごうまん》な人。ララは異性と親しくつき合いたいとは思わなかったが、スレイドにささやかれた言葉だけは忘れられなかった。〝いつかまた君と会えたらうれしいな〟

ララは目を閉じた。

見知らぬ男性とベッドを共にしたのは間違いだったわ。動機はともあれ、とにかく間違っていた。安っぽくて、道徳に反していて、醜い行為だった……。

「いい加減にしなさい」ララは鋭く叫び、自宅に電話をかけた。最初の呼び出し音でミセス・クラウスが出た。

「私よ。彼はどうしてる？」ララは笑みを浮かべ、耳を澄ました。「よかった。お願い、電話に出してちょうだい」

ララの笑みが顔じゅうに広がっていく。

「マイケル？　元気にしてる？」

「マーマー」九カ月のマイケルが片言を発すると、ララはとろけそうな気分で息子の声に聞き入った。

「そうよ、ダーリン。ママがお話ししているの。今日はいい子にしていた？」

マイケルはわけのわからない片言を繰り返す。

「私も寂しいわ、ダーリン。ごめんなさいね、夕食は一緒にできないの。でも、週末は二人きりで過ごすって約束するわ」彼女は受話器に向かってキスの音をたてた。「家に帰ったらもっとあげるわね、マイケル。愛しているわ」

ララが受話器を置いて喜びに浸ったのもつかの間、嘲《あざけ》るような声にびっくりして立ち上がった。

「感動的じゃないか」

聞き覚えのあるなまりがある。まさか。ララは祈るような気持ちで振り返った。

スレイドが戸口で腕組みをして立っている。ララの心臓は正直で、すぐに早鐘を打ち始めた。

「ずいぶん熱いやりとりだったね、ミズ・スティーブンス」

落ち着くのよ。ララは自分に言い聞かせた。「ここで何をしているの？」

「マイケルって？」

スレイドの声は冷たく、目には表情がない。ララの心は激しく揺れ動いた。話をどこから聞いていたのかしら？　それに、どうして彼を見ただけでこんなに呼吸が乱れてしまうの？

ララはなんとか平静を装い、彼の目をまっすぐ見つめた。

「質問をしたのは私よ、スレイド。ここで何をしているの？」

「おっと、それが仕事仲間に対する態度かい？」

「ドアは閉まっていたわ。あなたはノックすらしなかったでしょう」

「したけど返事がなかったのさ」スレイドはララを見据えたまま歩み寄った。「さて、今度は君が答える番だ。マイケルって誰だ？」

脅迫したって無駄よ。

「彼は……ただの知り合いよ」

「君は単なる知り合いに〝私も寂しいわ、ダーリン〟などと言うわけか」スレイドは笑い、口をゆがめた。「君のベッドに来る大事なお客さんじゃないのかい？」

「プライベートに関することをあなたに説明する義務はないわ。あなたには……」

「いったい何人の男性とつき合ったんだ？　一ダースか、百人か？」

スレイドは眉を寄せた。僕は何をしている？　ここに来たのは仕事のためだ。ララと会うためじゃない。彼女がマイケルという男とつき合おうが、ボルティモアの男性全員と親しく笑い合おうが、僕には関係ないはずだ。スレイドはさらに歩を進め、ララに迫った。

「次から次と相手を替えるのは刺激的かい？」

「出ていって」ララの声は震えた。「私のオフィスから出ていって！」

「演技はやめたまえ。見物人は誰もいないんだ」

「出ていかなかったら、警備員を呼ぶわよ」

スレイドは弱々しい笑みを浮かべた。「先に上司を呼んだほうがいいんじゃないかな」

「ミスター・ドッブスは、この会社の財務担当として私を雇っているの。私生活のことであなたにひどくけなされても我慢しろ、なんて言わないわ」

「けなしてなどいないさ、シュガー。事実を指摘したまでだ」スレイドは口もとを引き締め、人差し指をララの口に這《は》わせた。「君の品行方正さは僕が証明できる……。モラルのなさと言ったほうが正確かな」

「最低！」

「事実に目をつぶりたいんだろう」スレイドは歯を見せてにやりとした。「見知らぬ男性をひっかけてホテルに行き、セックスをする。事情を知ったらミスター・ドッブスは飛び上がるだろうね」

ララは殴りつけようとしたが、スレイドは彼女の手首をつかまえ、腕を体の後ろに回した。

「君が誰と何をしようが、僕には関係ない。ほかの男性がまた僕と同じ目に遭うのがやりきれないだけだ。僕と寝たとき、君は誰かの献身的な妻だったんじゃないかって気がしてきたよ」

「本当に卑劣な人ね！　あなたみたいな男性は初めてだわ」

「さぞかし大勢の男性を知っているんだろうね」スレイドの瞳が陰った。「となると、振り出しに戻らざるを得ない。マイケルって誰だ？」

ララは恐怖を感じたが、まばたきひとつしなかった。「あなたには関係ないわ」

「納得できないね」

スレイドに腕をねじ上げられ、ララは喉の奥でかすかな声をあげた。こうされるのがどんなに痛いか、スレイドはよく知っていた。痛みをやわらげるには、相手に近寄るしかない……。お前は何をやっているんだ？　彼は冷たく自分を問いただした。女性を痛めつけたことなど一度もなかったのに。でも、ララには我慢ならない。彼女はマイケルとかいう男と甘い声でしゃべっていた。僕の心の痛みを彼女に思い知らせてやりたい。激しくキスをして、僕に抱かれたときのことを思い出させたい。

ララはすぐ目の前まで来ていた。彼女の香りが鼻をくすぐる。以前、スレイドが自制心を失いそうになった香りだ。彼女の瞳は恐怖の色に染まっている。今ならララを奪えるだろう。

だが、スレイドは怒りに任せてララを奪いたくはなかった。彼女が自分から歩み寄り、彼に……。

スレイドは手首を放し、一歩下がって彼女に背を向けた。

ララは彼の肩が上下するさまを見つめた。キスをされるかと思ったわ。もしされていたら……。

スレイドは厳しい表情で振り返った。

「すまなかった」声も目も無表情だ。「君を裁く権利は僕にはない。君は君だからな」

「あなたって人は……。空港で私を誘惑し、またいつか会えたらいいなんて言っておいて、今になって私にお説教できるの?」彼女の笑い声は震えを帯びていた。「ごめんなさい。でも、あなたの行いと私の行いは大差ないと思うわ」

「ああ、そうだろうな」スレイドは足早に近づき、ララの肩をつかんで足が宙に浮くほど体を引き上げた。「君は常習犯だ。男性をかどわかし、男が理性を失って夜中に我が身を呪《のろ》わずにはいられなくなるように仕向けるのさ」

彼が手を離すと、ララはよろめいてあとずさった。

「マイケルとかいう哀れなやつとつき合っていながら、ほかの男性と寝たいと思うなら、それでもいい。だが、僕はそんなゲームにはのらないよ、シュガー。ほかの男の女には手を出さない主義だから」

「バロン流の黄金律というわけね」ララは笑いながらも、目の奥がつんとしていた。「そんなモラルがあなたにあったなんて、感動したわ」

「二度と僕を誘惑するな。きっと後悔するぞ。わかったか?」

「私があなたを誘惑するですって?」今度の笑いは本物だった。「あのドアを開けて、相手を壁に追いつめたのはどっち?」

「壁に追いつめてなど……」

「やめてちょうだい、スレイド」ララは両手を腰にあてた。「私はばかじゃないわ。あなたが何をもくろんでいたかくらい、お見通しよ」

スレイドの口もとに笑みが浮かんだ。「僕にもわかるさ、シュガー。君が僕にそうさせようとたくらんでいたことくらい。君は僕が欲しかったんだ」

ララは顔を赤らめた。「うぬぼれているのね」

「君は慣れているんだろう?」

「その手にはのらないわ。話を最初に戻しましょう。どうしてここへ来たの?」

「君の上司との会合があるんでね」

「ミスター・ハガティはどうしたの?」

「急に都合が悪くなったんだ。まさか君と会うとは思わなかった。さっき空港からドップスに電話して、初めて聞かされたんだよ」

ララはうなずいた。ドッブスがここにいない以上、スレイドを接待する責任は彼女が負わなければならない。

「彼は少し遅れるの。レストランで落ち合えるはずよ」ララは快活に言い、腕時計を見やった。「タクシーを手配したから、もう来ると思うわ」

「すばらしい」

「何が？」

「ここまでビジネスライクになれることさ。まさに殊勝っていう感じだ」スレイドの唇の端に笑みが浮かぶ。「君に触れたときの顔とは大違いだよ。僕の腕の中では砕け散ってしまうくせに」

「うぬぼれもたいがいにしてほしいわ。あなたが指摘したとおり、私はゲームをしているんだから」

私の笑顔もスレイドのしたり顔に負けないといいのだけれど。ララはさっさとドアの方へ歩いていった。

ミスター・ドッブスのテーブルへ、とララが案内を乞《こ》うと、〈フライング・フィッシュ〉のオーナーは満面に笑みをたたえた。

「かしこまりました。こちらへどうぞ」

テーブルは広い甲板にあり、港を一望できた。空はまだ明るいが、淡いピンクのテーブルクロスの中央には銀の燭台《しょくだい》に蝋燭《ろうそく》がともっている。ロマンチックな雰囲気にララはとまどい、ダイニングと甲板の間で立ち止まった。

「何か不都合でもございますか？」

「あの、ダイニングのテーブルにしていただけません？　もっと明るいほうがいいんですけど」

「申しわけございません。三十分ほどバーでお待ちいただければ……」

ララは首を横に振った。「ここで結構よ」

二人が席に着くと同時に、ウエイターがメニューを持ってきたが、ララは断った。

「全員そろってからにするわ」

「飲み物でもいかがですか？」

ララは再び断ろうとしたが、客へのもてなしをドップスがどう評価するか気になった。

「私は白ワインを」彼女はきびきびと言った。「ミスター・バロンは？」

「ビールがいいな」スレイドはウエイターにほほ笑んだ。「黒ビールがあるならそれにしてくれ。銘柄は任せるよ」

二人はしばらく黙って座っていた。やがてララが咳《せき》払いをした。

「飛行機の旅はどうだった？」

「よかったよ」スレイドは彼女の目をじっと見て答えた。「遅れなかったし、吹雪もなかった……」

「おもしろいわね。社交辞令できいたのに」

「そうか。僕たちは品よく演じるんだね」

「演じる義務があるの」ララの目が光った。「私としては……」

「僕を手すりから突き落として、魚のえさにしたいとでも？」スレイドはにやりとした。

「魚は吐き出すでしょうよ」彼女は膝の上で手を組んだ。「ミスター・ハガティはどうしたの？」

「どうやって僕が彼の代役となったか、ってききたいんじゃないかい？」スレイドは細長いパンを取り、ひと口かじった。「がっかりさせたくないんだがね、シュガー、ジャックはけさラケットボールをしていて肩を痛めたんだよ」

「残念ね」

「ジャックに伝えておく。君の温かい心遣いは感動ものだね。彼もきっと喜ぶよ」

「もうひとり同僚の方がいたでしょう」ララはスレイドの皮肉を無視した。

「君はどうかしているよ。僕がテッドの邪魔までしたと思っているのか？」スレイドは椅子の背にもたれた。「どうしようもなかったから僕が来たんだ。ジャックは肩を痛め、テッドはあいにくニューヨークに出張中なんだ」

事実だった。男性の心に火をともしたり消したりして楽しんでいるような女性の相手など、誰が好んでするものか。

「私としては、あなたに早く帰ってもらいたいわ」ララは腕時計を見ながら言った。

「傷つけてくれるね。僕が相手だと退屈かい？」

「あなたの自己中心的な頭についていくのは大変だわ。それに、こうしてあなたがパンをかじっているのを見ているよりも、もっとましなことがいっぱいあるし」

「彼に寄り添ったりね。名前はなんと言った？」

「誰の？」

「今つき合っている男性さ。マイケル？」

「さっきも言ったでしょう。マイケルのことを話すつもりはないわ。私生活についてはいっさいしゃべりたくないの」

「彼の話題を持ち出したのは君だよ。僕じゃない」

「私が？　まさか……」

「ここに礼儀正しく座っているよりも、そっちのほうがいいと言っただろう」スレイドの顎の筋肉が一瞬こわばったが、彼は笑みを浮かべてグラスに手を伸ばした。「今夜約束していたんだろう、ディナーを？」

「ええ、そうよ」ララは笑いをこらえ、赤ちゃん用の椅子に座ったマイケルがマッシュポテトのスプーンを振り回し、裏ごししたにんじんのひげをつけたまま笑う姿を思い浮かべた。

「一緒に住んでいるのか？」

「ええ」

「彼は君が離婚するのをじっと待っていたのか？」

ララはバスケットからパンを取り、小さくちぎって口に入れた。「何度も言うけれど、あなたには関係ないわ」

「僕のことを知っているのか？」スレイドは彼女を見据えたまま冷たく言った。

絶対に知らせないわ。

「知っているわけないでしょう」ララは困ったようにほほ笑んでみせた。「あなたは私たちとなんのかかわりもないのに」

「僕たちが二人きりになったときのことを知ったら、マイケルはかかわりがないとは言わないだろうね」

「何もないのに」

「僕の腕の中でとろけそうになっても、そう言い張るつもりかい？」

「スレイド……」

「彼に抱かれても同じ反応をしているのか？　あのときと同じような声を出して……」

ララはパンを置き、さっと席を立った。「もう我慢できないわ！」

「どうしたね、ミズ・スティーブンス？」

ララは振り返り、エドウィン・ドッブスを無言で見つめた。上司は愛想のよい笑みを浮かべているが、その目は詰問するように冷たい。

「いいえ」ララは急いで言った。「あの……」

「エドウィン」スレイドは椅子を蹴って立った。「またお会いできて光栄です」

ドッブスはためらいがちに、スレイドが差し出した手を握った。「スレイド。遅れて申しわけない」

「いいんですよ」席に着きながらスレイドはさらりと言った。「ミズ・スティーブンス――ララは、サービスの悪さを気にしていましたが。ウエイターが注文を受けたまま行方不明で」

「そういうことだったんですな」ドッブスはゆったりと椅子に腰かけた。「シェフの腕前に期待しよう。ここのかに料理は絶品だからな。サーモンもうまいし。軽いキスのようなスパイスが最高だよ」

「軽いキスのような、か。すてきな表現だと思わないかい、ララ？」スレイドがにこやかに言う。

「そうね」彼女はメニューに顔をうずめた。

今夜は永遠に続くのかしら？

ドップスとスレイドはいつまでも話しこんでいる。ララは笑みを絶やすまいとするあまり、顎が痛くなってきた。

ついにドップスが腕時計を見た。残念そうにため息をつき、会計の合図をする。

「今夜はこの街に泊まるのかね？」店を出ると、ドップスが尋ねた。

「テキサスに飛ぶんです。例の誕生パーティがあるもので」

「ああ、そうでしたな。では、私は方向が違うからここで。ミズ・スティーブンスと一緒にタクシーを使えばいい。たしか君の家は空港の方だったね」

「いいえ」ララは慌てて言った。「あの……」

「僕はそれでかまいません」スレイドは礼儀正しく言い、ララの肘を取った。彼女が振りきろうとすると、指に力をこめた。「食事をありがとうございました。例のインテリアデザイナーの名前は、事務所からファックスさせましょう」

「ああ、頼むよ」ドップスはにっこりした。「おやすみ、ミズ・スティーブンス。今夜は君を確かな人に預けられて安心だ」

「何が確かな人よ」タクシーのドアが閉まったとたん、ララはスレイドの手から腕を引き抜き、悪態をついた。「あなたとタクシーに乗るくらいなら、歩いて帰るほうがましだったわ」

「何がそんなに気にさわるんだい？」スレイドは座席の背にもたれ、腕組みをした。「こんな場所でも、僕にまたがりたくなるとか？」

ララは怒りに満ちた視線を彼に向けた。「びょうを打ったブーツを履いていればね」

彼女も腕を組み、自宅に着くまで黙って窓の外を眺めていた。

車が止まると、スレイドはララの方に手を伸ばし、ドアを開けた。「家に入るのを見届けようか？」

ララは返事もせず、外に出ると力任せにタクシーのドアを閉め、足早に歩いていった。ドアに鍵《かぎ》を差したとたん、ミセス・クラウスがドアを開けた。「おかえりなさい」

彼女は見るからに不機嫌だった。

「赤ちゃんのいる女の人がこんな遅くまで出歩いていてはいけませんね」

「仕事だったのよ」ララは声を荒らげまいと努めた。マイケルの面倒を見てくれるしっかりした人を探すのは容易ではなかった。何カ月もかかって、やっとミセス・クラウスに巡り会えたのだ。「待たせてしまってごめんなさい。いつもどおり時間外勤務の分は二倍お支払いするわ。残っていてくれてありがとう。また月曜の朝からお願いね」

「月曜の晩はフロリダに行きます」ミセス・クラウスは白髪まじりの頭に野球帽をのせた。

「妹の具合が悪いんで、いつ戻れるかわかりません」

「困るわ、急にそんなことを言われても！」ララは慌てて彼女のあとを追った。

「帰るときに電話します」ミセス・クラウスはドアをばたんと閉め、帰っていった。

どうしよう？　ララはぐったりと壁にもたれた。保育施設は順番待ちでいっぱいだし、大勢の子どもをまとめて面倒見るような施設には、マイケルを預けたくない。でも……。

ララはドアに鍵をかけ、階段を上がっていった。

明日考えましょう。施設に連絡してみて、最悪の場合は仕事を休むしかないわ。月曜日は会議があるけれど、何よりもマイケルが大切だもの。

マイケルは青と白でコーディネートされた寝室のベビーベッドで、お気に入りのテディベアを抱えたまま、ぐっすり眠っていた。寝ている息子をひと目見たとたん、ララの全身から今夜たまりにたまったストレスが抜けていった。

スーツとブラウスを脱ぎ、裸足《はだし》になってコットンのローブをまとう。我が子と接するのに、ビジネスの場で身につける勝負服は必要ない。ララはマイケルをそっとベッドから抱き上げた。

あなたとは一日じゅう一緒にはいられないのよ。仕事を辞めたら、食べていけないもの。彼女は平日に子どもを公園に連れていける母親たちがうらやましかった。

腕の中でマイケルがもぞもぞと動いた。

「ただいま、スウィートハート」ララはささやいた。

マイケルはまばたきをして目を開けた。その顔にぼんやりとした笑みが浮かぶ。髪は黒く、鼻も顎も父親そっくりだ。そして何より、灰色の瞳は父が誰かをはっきりと物語っていた。

ララの血液が恐怖に凍りついた。スレイドが事実を知ったら……。

マイケルはあくびをして何かつぶやいた。ララは揺り椅子に腰を下ろし、時がたつのも忘れて無心に我が子を抱きしめていた。アトランタから引っ越してくるのは大変だった。厄介な問題や好奇の目から逃れるために、離婚したことにして……。彼女には頼る人がいなかった。今までも、そしてこれからも。

玄関の呼び鈴が鳴り、ララははっと顔を上げた。

こんな時間に誰かしら？

呼び鈴が再び鳴る。眠っていたマイケルが動いた。

ララは揺り椅子から立ち上がり、彼をそっとベビーベッドに寝かせた。ミセス・クラウスだわ。彼女、そそっかしいから、忘れものでもしたのね。

三度目の呼び鈴に、ララは階段を駆け下りた。「ミセス・クラウス」彼女はいらいらしながらドアを開けた。「静かにしてくれないと……」

外に立っていたのはスレイドだった。

ララは彼の目の前でドアを力任せに閉めようとしたが、彼の反応のほうが早く、力も勝っていた。

スレイドは、ほかの男性とつき合っている女性を追い回しはしないと自分が言ったのを覚えていた。だが、今夜ララは彼をいまわしい病原菌のように扱った。マイケルのせいだ。やつの顔を拝ませてもらい、ついでに鼻をへし折ってやらないことにはボルティモアを立ち去れない。

スレイドは酒場でビールを二杯ひっかけ、ララの住んでいるブロックを四、五周歩き、自分の決意はまともだとついに納得し、呼び鈴を押したのだ。

「彼はどこにいる?」スレイドはどなり、ドアを蹴って閉めた。

「誰のことかしら?」マイケルが静かにしていてくれますように。

スレイドは彼女をじゃけんに押しやり、居間をのぞいた。「ここにいるのはわかっているんだ。彼を呼び出して、男らしく僕に対面させろ」

「酔っているのね」ララは彼の前に躍り出た。

スレイドの笑みには敵意がありありと浮かんでいた。「僕はまったくのしらふだよ」

「うちに押し入ったりして。警察を呼ぶわよ」

「僕が押し入っただと?」彼は耳ざわりな笑い声をあげ、キッチンの方を見た。「僕たちはディナーを共にし、一緒にタクシーに乗った。君は僕を招き入れたのさ。否定するなら、僕はエドウィンにデンバーでの出来事を一部始終報告しないとな」居間には誰もいない。狭いダイニングルームにも。スレイドは階段を上がりだした。「どこにいるんだ？　嘘をつくなよ、ララ。君の大切なマイケルがここにいることはわかっているんだ。君はタクシーを降りるやいなや、飛ぶように家へ走った。やつに会いたくてたまらなかったのさ」

ララは乾ききった唇を舌で湿らせた。「眠っているわ。起こされたら怒るから。彼を扱うのは大変なのよ」

スレイドは大股で二階の廊下を突き進んだ。「ちょうどいい。今夜は荒れたい気分なんだ」

「スレイド、お願い」ララはマイケルの寝室の前に立ちはだかった。「やめて。やめてちょうだい！」

スレイドは耳を貸さず、彼女のウエストをつかんで脇《わき》に押しやった。彼の激しい怒りが伝わってくる。

「目を覚ませ、マイケル」

スレイドは明かりのスイッチを押した。

6

スレイドが空港に着いたのは、予定していた便が飛び立ったあとだった。すでに次の便の搭乗が始まっており、彼は慌てて航空券を買ってゲートに急ぎ、なんとか間に合った。

今は現実からできるだけ距離をおきたい。

ララには赤ん坊がいた。赤ん坊の姿は生涯、僕の脳裏から消え去らないだろう。明かりをつけた瞬間、部屋は幕が上がった舞台のように目の前に姿を現した。そして、ベビーベッドに赤ん坊が眠っていた。

スレイドもララもその場に立ちつくしていた。ララがうめくような声を出すと、彼は振り返った。

「子どもがいるんだな」スレイドは絞り出すように言い、もう一度赤ん坊を見た。

ちょうどそのとき赤ん坊は目を覚まし、体を起こしてベッドの手すりをつかんだ。男の子らしい。青いベビー服を着せられている。

赤ん坊は泣きもせず、くすんだ灰色の大きな目でスレイドをじっと見つめた。その視線を受け止めたスレイドの背筋に、冷たいものが走った。ララには息子がいた。それ以上何も考えられない。赤ん坊が急に顔をゆがめて泣きだし、ララが飛んでいって抱き上げた。

「マイケル、スウィートハート、大丈夫よ。ママはここにいるわ。怖がらないでね」

スレイドは一歩あとずさった。

「ララ？」彼が声をかけると、彼女は炎のような目で振り返った。顔は蒼白《そうはく》だった。

「出ていって」彼女は低い声で言い、そしてヒステリックに甲高い声で同じせりふを繰り返した。

彼は一目散に逃げた。振り返りもせずに……。

スレイドは目を閉じた。ララにつき合っている男性がいるとは思っていたが、子どもまでいるとは。

「こんばんは」女性がスレイドに声をかけ、隣の席に腰を下ろした。「空いているのでしょう？」

「たぶんね」

「よかった。私はジャネット」

「かわいい名前だね」スレイドは咳《せき》払いをしてから、続けた。「ジャネット、時間の無駄だと思うよ」

彼女の笑みが凍りついた。「どういうこと？」

「話せば長くなるし、今は人に話したい気分じゃないんだ。だから、僕に何も期待しないでくれ」

ジャネットはさっと立ち上がった。「あなたってどうかしているわ！」

スレイドは短く笑った。「そうだろうな」

彼は窓の方を向いた。暗いガラスに赤ん坊の顔が浮かび上がる。漆黒の髪、くすんだ灰色の瞳……。

スレイドはやにわにヘッドホンをつかみ、チャンネルをヘビーロックに合わせた。思考を止めてくれるものならなんでもいい。彼は頭を座席に押しつけ、目を閉じた。

エスパーダに着いたのは夜中だった。

スレイドは裏口に回って、ドアをたたいた。

「僕だ、スレイドだ」

音を聞きつけたカルメンがドアを開け、ほほ笑みながらよろよろと近づいてきて、彼を抱きしめた。

「ちっとも変わってないわね。いつもみんなが寝静まったころにこっそり帰ってきて」

「そして父さんが怒ると、あなたはいつも僕をかばってくれたね」スレイドはほほ笑み、彼女の頬にキスをした。「昔よりずっときれいじゃないか」

「嘘《うそ》つきなのも相変わらずね」言葉とは裏腹に、カルメンの顔は赤くなった。「おなかはすいてない？　夕食の残りを温めてもいいし、サンドイッチもできるわよ」

「熱いシャワーを浴びて眠りたいな。もう誰か来ている？」

「トラビスはあした。ゲイジもね」

スレイドはにやりとした。「ゲイジもか」彼は身をかがめ、もう一度家政婦の頬にキスをした。「うちに帰ってくるのもたまにはいいね、カルメン」

確かにそうだった。

翌朝はもっとすばらしかった。彼がダイニングルームにいると、ケイトリンが飛んできた。

「スレイド」彼女は叫び、義兄《あに》の腕に身を投げ出した。「カルメンから聞いたわ。いつ着いたの？　どうして起こしてくれなかったのよ？　トラビスもゲイジも今日来るんですって」

「おい、コーヒーくらいゆっくり飲ませてくれよ。君に会えてうれしいよ、ダーリン」

「みんな集まってくれて本当にうれしいわ」ケイトリンはスレイドにキスをし、二人ぶんのコーヒーをついだ。「みんながちゃんと来てくれるか心配してたのよ」

「来なかったら乗馬用のむちを片手にみんなの家に乗りこむつもりだったんだろう」ケイトリンからカップを受け取りながら、スレイドはにやりとした。

「もちろんよ」ケイトリンも笑い返した。

「君も仲間だものな。狼《ロス・ロボス》どもの紅一点だ。忘れていたよ」

「私はしっかり覚えているわ。仲間に入れてもらえるまで、兄さんたちにひどい目に遭わされたもの」

「君は女の子だったからね」

ケイトリンは鼻にしわを寄せた。「でも、兄さんたちに負けないくらい乗馬の腕が上がったし、あの小川で泳げるようにもなったわ」

スレイドの笑みがわずかにこわばった。「そうだね。でも、君はとにかく女の子なんだよ」

スレイドの変化を見逃さず、ケイトリンは細い眉を上げた。「ハンサムな兄さんが女性のことで悩んでいるなんて言わないでよ」

「僕がかい?」スレイドはカップを置き、サイドボードの方に行ってスクランブルエッグを皿に取り分けた。「僕がどんな人間かわかっているだろう。女性は愛してさよなら、さ」

「答えになっていないわ」

スレイドはため息をついた。ケイトリンはしつこい。「たいした問題じゃないよ」

「何があったの? 今度は逆に兄さんが誰かを好きになって振られたの?」

スレイドは苦笑した。「ケイティ、心配してくれるのはありがたいけど……」

「でも、話したくないのね」

「話すようなことは何ひとつないんだ」

「兄さんの言うとおり、私は女よ。もしかして、何かアドバイスできるかもしれないわ」スレイドは妹を見つめた。ケイトリンは無垢《むく》な笑みを浮かべている。ララの話をしてみようか……。

「どうしたの、兄さん？」ケイトリンは兄の腕に手を添えた。「亡霊でも見たような顔つきよ」

「なんでもないさ」スレイドは深く息を吸い、義妹に笑みを送った。「最近生活がめちゃくちゃでね。君や兄さんたちと一緒にいれば元気が出るさ」

「驚いたな」太く低い声が響いた。「我が子の感動的な話に父親の名が出てこないとは」

スレイドは硬くなって振り返った。ジョナス・バロンが戸口に立っている。背筋はまっすぐ伸び、引き締まった体格は以前と少しも変わらない。

「父さん、久しぶりだね」

ジョナスはにやりとした。「緊張してるな」

確かにね。全然変わらないものもあるんだ。

トラビスが到着したころには、スレイドはほとんど昔の自分に戻っていた。

例の金髪女性に首ったけかと冗談を言ったスレイドは、兄に首をへし折られそうになった。昔なら取っ組み合いのけんかになっただろうが、トラビスはちょっと詫《わ》びて笑っただけだった。女性のことで悩んでいるのだろう。でも、話そうとはしない。スレイドは兄の気持ちがわかる気がした。女性というのは、ヒントの欠けたクロスワードパズルみたいなものだ。わかったと思っても、ひとり合点にすぎない。

最後にゲイジが到着した。ナタリーが家を出たと聞き、スレイドはショックを受けた。ロス・ロボスのメンバーはどうなってしまったんだ？　ジョナスはやはりエスパーダの後継者を心配していた。継ぎたいと思う者はケイトリンしかいない。彼女にも当然権利はあるはずだが、ジョナスはケイトリンがバロンの血を引いていないのを気にしている。

だが、古い納屋の屋根裏に三兄弟が集まると、後継者問題など忘れて、すぐに雰囲気は明るくなった。昔のようにあれこれジョークを言い合う。途中からはグラント・ランドンも仲間に加わった。ジョナスの弁護士だが、ゲイジの昔からの知り合いでもあり、ゲイジと同じく、妻のことで悩みを抱えていた。

なぜ女性を理解できなくなってしまうんだろう？　正装に着替えながら、スレイドは不思議に思った。

あのナタリーが出ていってしまったって？　信じられない、とランドンも言っていた。

スレイドは蝶《ちょう》ネクタイを首にかけ、鏡を見た。

少なくとも、トラビスはそこまで深みにはまっていない。一時的な問題だろう。最初の結婚で懲りたトラビスが、同じ轍《てつ》を踏むわけがない。

スレイドはネクタイを結ぼうと鏡に近づき、顔をしかめた。バロン家の男どもは、誰ひとり異性とまともな関係を築けないのか。

「ちくしょう」

どうしてもうまく結べない。ケイトリンならうまくやってくれる。たいていの女性はネクタイの結び方を知っている。ララは？

「ばかばかしい」スレイドはネクタイをぐいとはずしてポケットに突っこみ、勢いよく一階のパーティ会場へ下りていった。

二時間後、ダンスをしていたケイトリンがそばを通りかかったとき、スレイドは〝楽しんでるよ〟と言った。繰り返しそんなふうに言っていれば、本当に楽しくなるかもしれない。ケイトリンはいとこのレイトンと踊っている。レイトンは蛇みたいに陰険な男だが、息子のグレイは父親とちっとも似ていない。スレイドは継母《ままはは》のマルタにも同じことを言ってから、言い添えた。

「ここでいちばん美しいのはあなただ」

「チャーミングな嘘をつくのね。でも、ここでいちばんハンサムな男性に言われたのはうれしいわ」マルタは彼に腕を回した。「どうして踊らないの？　女性はみんなあなたに目をつけているわ。あなたが失恋の気持ちを教えてくれるのを待っているのよ」

スレイドは笑った。「義務は果たさなければいけないね。ところで、父さんはどうしてあなたをひとりにしたんだろう？」

マルタは通りかかったウエイターからシャンパンのグラスを受け取り、ほほ笑んだ。

「昔の友だちとどこかでしゃべっているのよ」彼女は飲み物をすすり、スレイドを見上げた。「何もかもうまくいっているの？」

「女性はどうして同じことをきくのかな？」彼はマルタの手に自分の手を重ねた。「大丈夫だよ。最近は忙しくて、出張であちこち行っていたから」

「詮索《せんさく》するつもりじゃなかったのよ、スレイド。ただ、あなたの様子が……。気にしないでね」マルタは優しく笑った。「女って本当におかしいわね。問題が何もなくても、何かあるんじゃないかって思ってしまうのよ。ジョナスはいつも言っているわ」

「今度ばかりは父さんの意見に賛成だな」スレイドは継母の背後に数人の男性が集まっているのに気づいた。「向こうでは何をやっているんだろう？」

スレイドの視線を追って振り返ったマルタは笑いだした。「私の娘たちよ。真ん中にいるでしょう」

「あなたの？　久しく会ってないなあ。たしか愛らしい女の子が三人いたね、サムとマンディとキャリーだっけ」

マルタの瞳がきらめいた。「必死で思い出したのね。よかったらサマンサ、アマンダ、キャリンって呼んでちょうだい。こっちへいらっしゃい」

彼女はスレイドを小さな集団の方に案内した。男性陣がしぶしぶ脇《わき》にのくと、娘たちが現れた。三人とも男性の心を射止めるに充分な美貌《びぼう》の持ち主だ。

「みんな、こちらがジョナスの三男坊のスレイドよ。覚えているかしら。スレイド、こちらがサマンサ」

サマンサは赤毛だった。「こんにちは」笑うとえくぼができた。

「それからアマンダ」

アマンダは金髪だった。「よろしく」浮かんだ笑みは不思議なほどクールだ。

「そしてこの子が末娘のキャリンよ」

キャリンは黒髪だ。「お会いできて光栄ですわ」そう言って礼儀正しく手を差し出す。

「これは、これは」スレイドはほほ笑んだ。やっと楽しめるかもしれないぞ。

スレイドは楽しもうと努力した。マルタの娘たちも同じだった。だが、三人とも愛らしいのに、どうしてもぴんと来るものがない。サマンサが、次にアマンダがスレイドのもとを離れていき、最後にキャリンが残った。

「誰かに未練があるんでしょう？　早く忘れないとね」彼女は優しく言った。

スレイドは両手をズボンのポケットに深く突っこみ、できれば忘れたいんだが、と答えた。

彼は魅力的な女性たちと次々に踊り、カナッペをつまみ、シャンパンを飲んだ。けれど、ついに作り笑いを浮かべるのに疲れ果て、裏口から外へ出た。そして、暗い隅にあるベンチに腰を下ろした。

静かだ。ここなら、僕の人生に何が起きているのか、じっくり考えられそうだな。だが、スレイドの思惑は高価な葉巻の香りに妨げられた。

彼は顔をしかめ、立ち上がった。「父さん？」

闇《やみ》の中から父親の笑い声が低く聞こえてきた。

「葉巻で正体がばれたか」ジョナスはハバナ葉巻をくわえ、手すりに肘をついていた。

「家の中だと思っていたよ」

父は葉巻を手に取り、香りを深く吸いこんで再び口にくわえた。「こんな場所で何をしている？　にぎやかなのは嫌いか？」

スレイドはあいまいに笑い、父と同じように手すりに肘をついた。

「いいパーティだね」

「そうだな。お前はケイティの性格を知っているだろう。あの娘《こ》は何かたくらんでおる」

「彼女は父さんを愛しているんだ」スレイドは父を見て、片方の黒い眉を上げた。「否定しようとしても無駄だよ」

ジョナスはうなずいた。「実の娘みたいにな」

「血のつながりがすべてじゃないよ、父さん」

「一本道の行き先がはっきり見えたときには、そうも言っていられなくなる」

「父さんは僕たちより長生きするな」

「わしが死んでもエスパーダは残る。だからこそ、バロンの血を引く者に継がせねばならん」

「ケイティは僕たちよりましだよ。彼女は父さんを愛しているし、ここも愛しているんだから」

「わしの目が節穴だと言うのかね？」ジョナスは息子の言葉を打ち消すように手を振った。

「そんなことはわかっておる」

「それなら……」

「それなら、なんなんだ？　はっきり言え。わしにはちゃんとわかっているんだぞ」

スレイドは口もとを引き締めた。「父さんはわかっちゃいない……」

ジョナスはくつくつ笑い、葉巻を投げ捨てて息子の方に向き直った。「めめしい仕事をしていても、芯《しん》まで腐ったわけじゃなさそうだな」

「僕はオフィスビルの設計をしているんだ」スレイドは歯を食いしばって言った。守勢に回ってしまう自分が情けない。「父さんだってここに引っこんでばかりいないで、たまには……」

「ニューヨークに建てたやつは悪くないな」

スレイドは目をしばたたいた。「見たのかい？」

「当たり前だ。フィラデルフィアのほうがいいと思うがね。滝のある、あの屋内公園みたいなのはなんて言うんだ？」

「アトリウムだよ」スレイドは咳払いをした。「いつ僕のビルを見たんだい？」

「わしはあちこち行っているからな」ジョナスはにやりとした。「男というものは、自分の子孫が何をしているのか知りたくなるものなんだ」

「そうか……」スレイドは気の利いたことを言おうとしたが、何も思い浮かばなかった。

「それはおもしろいな」

「お前もわしの年齢になればわかるさ」

「父さんは年老いてなんかいない」本心から出た言葉だった。「ケイティが僕の八十五歳の誕生パーティを開いてくれるとき、父さんの半分ぐらい元気だったらと思ってしまうよ」

父が笑うものと思っていたスレイドの予測ははずれ、ジョナスは無言でズボンの尻のポケットから小さな銀の酒瓶を取り出した。

「バーボンだ。やりたまえ」父は栓を回した。

本当にバーボンが好きなんだな。だから息子はみんなバーボン嫌いだ。それでもスレイドは小瓶を受け取り、父親に軽くうなずいてから傾けたが、流しこんだのはほんの数滴だった。スレイドが父親と打ち解けて話をするのはこれが初めてだった。

「ありがとう」

ジョナスは歯を見せてにやりと笑った。「ああ」彼はぐいっとあおり、満足げにため息をついてから栓を閉めた。「お前は、義理の妹が八十五歳の誕生パーティを開いてくれると思っているのか」

スレイドは笑った。「たぶんね」

「あの子がなんのために？」

ジョナスの思いがけない冷たい声に、スレイドは顔をしかめた。「冗談だよ」

「わかっておる。だが、考えてみろ。そのころにはケイティにも亭主と子どもがいるはずだ。孫さえもな」ジョナスは胸ポケットから葉巻を取り出し、先を噛《か》み切って吐き飛ばした。「お前だっていつかは自分の子が欲しくなる」彼は金のライターでゆっくり火をつけた。

「自分の人生くらい自分で決められるよ。十八のときからずっとそうやってきたんだ」

老人は煙をくゆらせた。「わしが言いたかったのは、お前はすでに自分の後継者作りを始めたんじゃないかってことだ」

スレイドは心臓が肋骨《ろっこつ》にぶつかったような衝撃を受けた。「なんの話だい?」

「赤ん坊さ」ジョナスはみごとな煙の輪をいくつも作っていく。「作り方はわかっているだろう」

スレイドは思わず父親の腕をつかんでいた。「僕にもう子どもがいるとでも?」

「そこまではっきりとは言わなかったぞ」

「じゃ、どういう意味だい?」

「大勢の女と寝ている男は、相手に楽しい思い出以上のものを残している可能性が高いってことさ」ジョナスは息子の手を厳しい目で見た。「タキシードの袖《そで》を破るつもりか? こんなものは着たくもないが、マルタが気にするだろうからな」

スレイドは父親の視線を追い、そっと手を離した。「父さんには関係ない」スレイドは硬い口調で言った。「それに、僕は避妊には気を遣っている」

「子どもは一度の過ちでもできるんだぞ。たった一度でな」ジョナスの声は荒っぽくなり、ゆったりしたテキサスなまりも消えた。「男と女がベッドに入れば、二人とも代償を支払う羽目になるものだ」

「いつも慎重だって言っただろう?」

ララをホテルに連れていったときだけは別だ。あのときは彼女を求めるあまり……。だが、コンドームを買おうとしたとき、彼女は必要ないと言った……。

彼女には子どもがいる。男の子で髪は黒く、瞳はグレーだ！　赤ん坊とはいえ、僕の幼いころとそっくりじゃないか。歳《とし》はわからないが、計算は合う。ジャックには十カ月くらいの甥《おい》がいるけれど、大きさも同じくらいだ。

スレイドは腹に拳《こぶし》を打ちこまれた気分になった。両手で手すりをつかみ、うつむいて必死に酸素を吸いこむ。考えまいとしても無駄だった。

彼はジョナスの方を向いた。「父さん……」

父の姿はなく、葉巻の煙だけがたなびいていた。

7

スレイドはひとりその場にたたずみ、ぼんやりと闇《やみ》を眺めていた。

遠くでふくろうが鳴いた。不気味な声が夜のしじまを破る。夜行性の小動物は必死に巣へ逃げこもうとしていることだろう。だが、鋭い目と爪から逃れるすべはない。

スレイドは指の関節が白くなるほど強く手すりを握りしめた。

父親になった。息子ができた。ララがいくらあがいても、もう僕の怒りから逃れられない。

ララは、子どもができても僕が平気だと思っていたのだろうか？

子どもには安定した家庭が必要だ。両親の愛を受ける権利がある。周囲の者は皆、スレイドが屈託なく独身生活を謳歌《おうか》していると思っているが、冷たい父親と次々に替わる母のもとで成長した彼は、結婚は自分には向かないと頑《かたく》なに信じてきた。

結婚など無駄だ。うまくいくはずがない。バロンという名を背負っていればなおさらだ。

父さんは五回も妻を替えた。トラビスは結婚したと思ったらすぐに離婚した。ゲイジも今、夫婦間の問題を抱えている……。

「スレイド？」

ケイトリンか。相変わらず勘が鋭いな。スレイドは仕方なく振り返り、ほほ笑んでみせた。

「ああ、僕だよ。何をしているんだい？」

「あなたを捜しに来たのよ」ケイトリンは彼の腕に手をかけた。「大丈夫？」

「ああ……。ちょっと息抜きをしたくなってね」

「嘘《うそ》が下手ね」彼女は優しく言った。「何か話したい気分かしら？」

「話すことなんか何もないよ、ダーリン」

詳しいことがわかるまでは、誰にも言いたくない。ララと向かい合い、問い詰め、怒りをぶつけるまでは。

「スレイド？」

「大丈夫だよ」スレイドは狼ども流《ロス・ロボス》の挨拶《あいさつ》をして、ケイトリンを笑わせた。それから彼女の肩に腕を回し、一曲踊ってくれと言って明るくにぎやかなパーティ会場へいざなった。

その晩も翌日も、スレイドはなんとか家族の目をごまかせた。ろくに眠れなかったが、誰も彼の目が充血していることに気づかないようだった。日曜日は朝っぱらから、ジョナスにはエスパーダをケイトリンに継がせる意思がないと弁護士のランドンから聞かされ、その少しあとにナタリーがランドンの妻と一緒に出ていってしまった。トラビスも様子が変だった。ジョナスの書斎におもむき、一時間後に出てきたときには、まるで亡霊を見たような顔をしていた。

兄さんたちは自分の問題にかかりきりで、僕の悩みに気づいてくれない……。

スレイドはボストン行きの航空券をボルティモア行きに変更し、飛行機が着陸するころには、彼はある決意を心に秘めていた。そして空港からララに電話した。彼女とは人目のある場所で会いたかった。冷静なララがヒステリーを起こすとは考えにくいが、彼の決意を聞かされたらどんな反応を示すかわからない。

ララは呼び出し音が数回鳴ってから電話に出た。今目が覚めたような、眠そうな声をしている。スレイドは一瞬、ベッドでの彼女の姿を思い浮かべた。

「スレイドだ。会える場所を指定してほしい」彼は冷たい声でいきなり用件を言った。

時間が遅すぎるし、そもそも二度と会うつもりはない、と彼女は拒んだ。スレイドの目的を尋ねようともしない。

「場所を指定してくれ。レストランでも、バーでも、どこでもいい。ベビーシッターを手配して、一時間後に僕と会うんだ」

スレイドはしばらく間をおいた。

「いやなら明日の朝、僕が君のオフィスに行き、みんなの前で話し合ってもいい」

ララが息をのむのが聞こえた。

「小さなレストランがあるわ」住所を告げる彼女の声は震えていた。

スレイドは残忍な喜びを覚えた。

「一時間後だ」彼は念を押して電話を切った。

とうとうスレイドに知られてしまった……。

ララは受話器を置いた。間違いないわ。どうするつもりかしら？

彼にできることなんて何もないわ。証拠があるわけじゃないし。すべてを否定して、私を脅そうとしても無駄だと言い張れば、それで終わりよ。

ララはミセス・クラウスに電話をした。子守り《ナニー》は不機嫌だったが、給料を二倍にしてタクシー代を出してくれるならすぐに行くと答えた。

ララは寝室に行った。眠っているマイケルの背中に触れ、柔らかい巻き毛を優しく撫《な》でる。スレイドがなんと言おうと、この子は私のものよ。

彼女はジーンズとTシャツに着替え、ミセス・クラウスと入れ替わりに家を出た。

スレイドはレストランの隅のボックス席で待っていた。日曜の夜で、客は半分ほどしか入っていない。ウエイトレスたちは立ち話をしながら、彼の方をちらちら見ている。スレイドの顔には女性の心を引きつける魔力のようなものがあった。ララはそのことを誰よりもよく知っていた。

彼女の姿を認めてスレイドは立ち上がった。いつもとは感じが違うわ。ララは思った。服装のせいだろう。スーツ姿しか見たことがなかったが、今夜はぴっちりした黒のTシャツを着て、たくましい二の腕がむき出しになっている。下は色あせたジーンズとカウボーイブーツだ。全身から男らしく、危険な香りが立ちのぼる。

ララの胸の中で、恐怖が重たい翼をはばたかせた。彼女は向かいの席に腰を下ろした。感情も言葉も表に出さず、スレイドに勝手にしゃべらせる——それが彼女の唯一の作戦だった。

ウエイトレスがコーヒーポットとマグカップを手に現れた。

「こちらの方が、あなたにもコーヒーをとおっしゃったもので」

ララはスレイドの前に黒い液体の入ったマグカップがあるのに気づき、うなずいた。

「ありがとう」

「ほかに何かご注文は？　パイとか……」

「いや、結構だ」

スレイドがララを見据えたまま言うと、ウエイトレスは逃げるように立ち去った。

「隠し通せると本気で思っていたのか？」

静かだが、聞く者を震えあがらせるような声だ。ララは戸口へ走りだしたいのをこらえてかすかな笑みを浮かべ、彼の冷たい視線を受け止めた。「あなたは女性に断られるなんて思ったことがないでしょう。エゴのかたまりみたいな人には……」

スレイドが拳《こぶし》をテーブルにたたきつけた。コーヒーが揺れ、ララの心臓は飛び跳ねた。

「話をはぐらかすな」

「私はただ……」

彼は黒い瞳をぎらぎらさせて顔を近づけた。「マイケルは僕の子だ」

ララは笑おうとしたものの、実際に発したのは悲痛な叫びだった。

「マイケルがあなたの子ですって？ どこからそんなばかげたことを……」ララはスレイドに手首をつかまれ、息をのんだ。「痛いわ」

「僕に殴られないだけでも運がいいと思え」スレイドの手に力が入る。「いいか、彼は僕の子だ。君の口からもはっきりと聞きたい」

「事実でないことを言うわけにはいかないわ」

ララはうまく取りつくろっていた。顎を上げ、ひるまずに相手を見据えている。だが、脈が跳ね上がったのを彼の指はしっかりとらえていた。

「君の好きな方法で話してくれればいい」

「だから言ったでしょう。マイケルは……」

「訴訟を起こして、ＤＮＡ鑑定を頼むか」スレイドは彼女の手を放した。ララの手首には指の跡が赤く残っている。そこに唇を押しつけたい。彼はふと思った。いや、とんでもない。僕の痛みを少しでも味わわせてやらなければ。

「落ち着いて、スレイド。マイケルはあなたの子じゃないわ。どうしてそんなふうに思うの……」

「思ってなどいない、確信しているんだ！　彼はあの日から九カ月後に生まれた。あの日だよ、ララ」

ララの顔が蒼白《そうはく》になった。「マイケルがいつ生まれたかなんて、あなたにわかるはずないわ！」

「九月十九日だ」

スレイドの言葉はララの胸にずしりと響いた。

「僕たちがベッドを共にした晩から数えようか？　あの子は夜七時五分に生まれた。三千三百十七グラムだった。出生届を出す際、父親は不明だと君は言った。僕の子どもによくもそんな仕打ちができたものだな」

ララは両手をしっかりと握りしめた。指先は氷よりも冷たくなっている。

「もう一度だけ言うわ。マイケルはあなたの子じゃないの。夫が……」

「もし君に夫がいて、そいつが父親だとしたら、どうして出生届にその名前がない？」

まずいわ！　冷たいものがララの血管を駆けめぐる。考えるのよ、ララ。考えなさい！

「つまり……私たちが離婚協議中だったからよ」

「君には夫などいなかった、一度もね。男性が欲しくなれば、どこかでひっかけていたのさ」

ララは真っ青な顔を上げたまま言った。「あなたに身の潔白を証明する義務はないわ」

「ああ、そうだな。僕が言いたいのは、君の話は嘘だということだけだ。君は一度も結婚などしなかった。その指輪は見せかけだ」

「あなたに何がわかるというの」

「僕にはすべてわかっている。わからないのは、君が僕の子に父親はいないと思わせようとしている理由だけだ」

「これが最後よ、スレイド。マイケルは……」

「嘘をつくな！　僕の子を宿したとわかったとき、どうして僕に言ってくれなかった？　どこかに消え失《う》せろ、と言われるとでも思ったのか？　本気で捜せば僕を見つけられたはずだ。でも、もういい。捜し方がわからなかった、ということにしておこう」スレイドは荒々しく息をついた。「だがその後、君はドップスから例のファイルを渡された。あれには僕の住所も電話番号も全部のっていたんだぞ」

「なんのまねなの、スレイド？　あなたは勝手に話を作りあげているのよ。お願い、わかって」

スレイドは無視した。「そして僕が現れたら、君は僕をボルティモアから追い返そうとした」

ララは彼を見つめた。逃げろ、と本能がささやく。でも、逃げてはいけない。肉食獣を撃退する唯一の方法は、弱みを見せないことだ。

ララは用心深くナプキンを一枚取って唇を押さえ、体を横にずらした。

「とてもおもしろい話だったわ。人の空想を聞くのは楽しいものね。でも、もう遅いから家に帰らないと」彼女は静かに言い、席を立った。「おやすみなさい、スレイド。お互い、また顔を合わせる不運に見舞われないといいわね」

ララは彼に背を向け、出口に向かった。スレイドは厳しい顔でまだ座っている。鋭い視線が背中に突き刺さるが、あとを追ってくる気配はない。ララの歩みはしだいに早くなり、ついには駆けだした……。

レストランの裏の駐車場にたどり着いたとき、スレイドが追いついた。ララは彼の足音を聞きつけ、必死で車のキーを差しこもうとしたが、スレイドは両手を肩に置き、彼女を強引に振り向かせた。

「僕が詳しく知っているわけを聞きたくないのかい、シュガー?」彼は悪意に満ちた笑みを浮かべた。

「放してよ！　でないと……」

「マイケルが哀れだ。君の嘘のせいで」

「何が目的なの？」喉が引き裂かれるような叫びだった。ララは彼の手を振りほどき、車にもたれた。

「真実だ！　僕には息子を求める権利がある」

ララは耳鳴りを覚えた。「いいえ、彼は……」

スレイドは車にどんと両手をつき、彼女を腕ではさんで身動きできないようにした。

「もうＤＮＡ鑑定を依頼したんだ」スレイドは静かに言った。「彼の出生状況や、君が嘘をついていたことを考慮すれば、訴訟を起こさなくても僕は親権を手に入れられるだろう」

スレイドは本気なんだわ。もし裁判沙汰《ざた》にされたら、私に勝ち目はあるかしら？

スレイド・バロンは執念深く、自分のことしか頭にない。

「どうしたんだい、ベイビー？」スレイドは歯を見せてにやりとした。「ピルをのみ忘れたのかね？　過ちを認めるのが怖くなったのか？」

「あの子は過ちじゃないわ。私にとって大切な子よ。私はあの子が欲しかったの。聞こえた？　私は自分の赤ちゃんが欲しかったのよ。だからあの日あなたと一緒に行ったの。赤ちゃんが欲しくてあなたに抱かれたのよ」ララはスレイドの瞳にショックの色が浮かぶのを見て、勇気を奮い起こした。「私は妊娠したかったの。長い間ずっとそう思っていて、いろいろな方法を考えたけれど、どれも気に入らなかったわ。そうしたら、運命と吹雪があなたを招いてくれたのよ」

「ばかな！　君は僕と同じくらい熱く燃えていたから一緒に寝たんだ」

事実だった。スレイドが彼女の理性を奪ってしまうほどの男性だったからこそ、ララはベッドを共にした。そんな男性には今まで一度も巡り会わなかったし、これからも期待できないだろう。でも、彼に言うわけにはいかない。

「あなたはちょうどいい時機に現れたのよ」声は震えていたが、ララははっきり言おうと努めた。「あなたは健康だし、知的に見えたわ。顔だちも悪くないし。それにあなたの口ぶりから、きっと……ああいう結果になるとわかったの」

ララは自分の言葉の効果を知った。スレイドは身をこわばらせ、ますます険しい表情になっていく。

「種馬か？」彼は片手をララの喉にあて、静かにきいた。

「痛いわ、スレイド」

「僕はララ・スティーブンスの種馬なのか？」

「私は赤ちゃんが欲しかったのよ」

「君は赤ん坊が欲しかった……」

「ええ。これでもいいお母さんなんだから……」

スレイドの指が喉に食いこみ、ララはあえいで爪先立った。

「そして僕の気持ちなど、どうでもよかった」

「あなたには関係のないことよ」

「自分が何を言っているかわかっているのか？　僕を利用して妊娠し、僕の子を産んでおきながら、僕には関係がないだと？」

ララはあの吹雪の晩以来、初めて不安に襲われた。あれほど正しい考えだと信じていたのに。だめよ、今は自分の行動に疑問を持ってはいけない。

「あなたに何かを望んだわけじゃないわ」彼女は急いで言った。「今でもそうよ。マイケルは私のものなの。私が産んで、育てて……」

「金曜の晩、ベビーベッドに自分の子どもがいるのを見て、僕がどんな気持ちになったかわかるか？　僕は我が子の存在を知ることなく、子どもも僕の存在を知らずに育つはずだった。彼はきっと、父親のことを母に責任を押しつけて逃げたくず野郎と思うだろう……」

「父親は必要ないわ」ララは鋭く言い放った。

「まさか父親になるとは思わなかったよ。家族が結婚でもめるのをさんざん見てきたから……」

「結婚とは関係ないの。女性は夫がいなくてもいい母親になれるわ」

「だから、僕は同じ過ちを犯すまいと決めていたんだ」スレイドは息をついた。「でも、家族を持ったらどんな感じだろうと思ったりもした。万一結婚して子どもができたら、子どもに愛されるいい父親になろう、と僕は自分に誓ったんだ……」

ライトがまぶしく光った。スレイドが振り向くと、パトカーがすぐそばで止まった。

「ちくしょう」彼は両手をポケットに突っこんだ。

懐中電灯を手にした警官が降りてきて、ララに光を当てた。「ご婦人？　大丈夫ですか？」

彼女はごくりと唾《つば》をのみこんだ。「ええ、ありがとう。大丈夫よ」

「レストランから連絡がありましてね。あなたが不機嫌に席を立ってまもなく、こちらの男性があとを追ったそうですが」

スレイドは光を向けられ、目をしばたたいた。

「身分証明書はお持ちですかね？」

スレイドは財布を取り出し、証明書を渡した。

「こちらはあなたの奥さんですか？」

「フィアンセだよ。結婚話でもめていてね」警官が身分証明書を返すと、スレイドはにやりとしてポケットにしまった。「こっちは判事の前で簡単にすませたいのに、彼女は派手な式がいいと言うんだ」

「そのとおりですか、お嬢さん？」

ララはスレイドを見た。彼はほほ笑んでいるものの、その目は警告を発している。

「ええ……。そんなところね」

警官はくすくす笑ってパトカーに戻った。

パトカーのテールランプが点滅し、やがて闇に溶けこんだ。再びララの方に向き直ったスレイドの顔には、ほほ笑みのかけらすら残っていなかった。

「種馬に僕を選んだのは失敗だったな」

「ちょっと」ララは棘《とげ》のある声で言い、両手をジーンズの後ろのポケットに突っこんだ。

「一方的に決めるべきではなかったのかもしれないけれど……」

スレイドの耳ざわりな笑い声に、ララは顔を赤くした。

「君の世界では、善悪という言葉に意味があるのかい、シュガー？」

「私は子どもが欲しかったのよ、スレイド。それに約束するわ、あの子をかわいがって育てるって。何も心配しないで。私はあなたから何かを手に入れようなんて思っていないんだから」

「もう手に入れたじゃないか。君の精子銀行に寄付させられたんだからな」スレイドの顎の筋肉がぴくりと動いた。「あの日、君が僕に求めたのはそれだけだ。そう言ったな、君は？」

「私は……ええ。そのとおりよ」

スレイドはララに近づいた。彼女はあとずさりしようとしたが、後ろは車で逃げ場がない。

「なぜ僕を選んだ?」スレイドが手の甲で頬に触れる。ララはひるんだが、荒々しい声とは対照的に、彼のしぐさは優しかった。

「さっき言ったはずよ」髪をまさぐるスレイドの指は温かい。「あなたは条件を満たしていたし、グッドタイミングで現れたのよ」

スレイドはララの目をのぞきこんだ。「君は僕の腕の中で震えていたね」

「そ、そんなこと関係ないと思うわ。スレイド、お願いだから……」

「君に初めてキスしたときも、同じことを言ったね。お願い、スレイド、お願いって……」

スレイドはゆっくりと上体をかがめた。お前は何をしているんだ、と内なる声が問う。彼女はお前を利用し、嘘をついたんだぞ。運命のいたずらがなければ、彼女は嘘をつきとおし、お前は真実を知らずにいたんだ。

「本当のことを言ってくれ」彼はかすれ声で言った。「試験管の代わりではなく、僕が欲しかった、と」

スレイドはララを抱き寄せた。かすかなうめき声が彼女の口からもれる。彼は勝利の気分を味わいながら、固く盛り上がった部分をララに押しつけた。

ララは小さく叫び、彼から身を引きはがした。

「はっきり言うわ。マイケルはあなたの子よ」

スレイドは頭を垂れた。ララは思わず彼に手を伸ばしかけ、自分の愚かさにはっと気づいた。

「それから……私に落ち度があったのも認めるわ」

スレイドは顔を上げた。その目は油断なく光り、表情は読み取れない。

「出生届は書き換えます」スレイドは押し黙っている。「そして、あの子が大きくなったら、あなたのことを話すわ」

それでもスレイドは何も言わない。

「何よ、これ以上どうしろと言うの？」

「さっき言っただろう。僕は息子の父親になるつもりだ。よき父親にね」

ララは下唇に舌の先を走らせた。私の世界が崩れ落ちていく。私にはどうすることもできない。

「わかったわ」彼女は不安げに言った。「あなたがあの子に会いに来られるようにしましょう。月に一度、土曜日とか……」

「ほう」

スレイドの皮肉めいた声にララは拳を握りしめ、顔を上げた。「土曜日にあの子をあなたに預けるのが簡単だと思っているの?」

「君の事情はどうでもいい」スレイドの声は驚くほど落ち着いていた。「問題はマイケルだ。僕たちの子が、慣れていない男性と週末を過ごすというのは賛成できないな」

僕たちの子。その言葉には不気味なものが含まれていたが、ララは気にするどころではなかった。

「じゃ、どうしたいの? あの子を私から取り上げるなんて許さないわよ、スレイド。もし……」

「結婚だ」

ララは彼を見上げた。「なんですって?」

「僕たちは結婚する。明日の正午だ」

ララはヒステリックな笑い声をあげた。「あなた、頭がおかしくなったのね」

ララが背を向けたとたん、スレイドは彼女の腕をつかみ、自分の方に向かせた。「ほかに解決策はない。僕の子は父親と母親のもとで育つ」

「いやよ! 私は絶対に……」

「君に頼んでなどいない。命じているんだ」スレイドは手に力をこめた。「君はマイケルのよき母となり、僕の忠実な妻となる。それができないなら子どもを取り上げるぞ。もし彼が片親しか得られないとしたら、親権は僕にある」

ララにはわかっていた。スレイドの言葉に従わなければ、自分の人生が打ち砕かれてしまうことを。

「あなたなんか大嫌い」彼女は小声で言った。涙があふれ、頬を伝い落ちる。「大嫌いよ……」

「結構。僕が欲しいのは息子だけだ。それから……夜は君が僕のベッドに来ることだ」

「いやよ」ララは言った。「スレイド、やめて」

だが、彼は彼女の言葉に耳を貸さず、強引にキスをした。ララは絶望のあまりうめいたが、しだいにキスに夢中になり、絶望は自己嫌悪へと変わっていった。

8

結婚に過剰な期待をいだく女性もいるけれど、結婚の実態を知っているララは、自分の花嫁姿など思い描こうともしなかった。

ララの母は涙を浮かべながらも父の命令に服従していた。そしてある夏の夕方、父は家を出たきり戻ってこなかった。

姉のエミリーも母と同じ境遇にいる。夫の横暴に精根尽き果てていても、生活のために我慢している。

ララは母や姉のようにはなるまいと誓い、一生懸命勉強して経済的に自立した。旅行を楽しみ、好きな音楽や本に囲まれて暮らしていた。むなしさを感じても、男性がいないせいだとは思わなかった。

子どもは欲しかった。我が子が。

願いはかなった。しかし、周到に計画したにもかかわらず、ララは恐ろしい過ちを犯してしまった。

父親としてスレイドを選んだのは、理にかなっているように思えた。顔だちもよく、健康で、知性もある。女性に執着するようには見えなかったことも好都合だった。彼が今まで味わったことのない興奮を与えてくれたとしても、それはおまけと考えようと思った。なんて愚かだったのかしら。

外見、健康、知性、セックスアピール。だが、スレイドにはもうひとつ特徴があった。デンバーで出会った日もはっきりと示していた特徴が。

スレイド・バロンほど断固たる性格の持ち主はいない。何かが欲しくなれば、彼はどんな障害をもかいくぐって手に入れる。

彼はマイケルを求めた。そして、要求を突きつけに来た。

自分のほうが強いと見せつけようとしただけよ。駐車場で別れてから、ララは自分に言い聞かせた。

翌朝八時に呼び鈴が鳴り、ドアを開けるとスレイドが立っていた。

「私に無理強いしても無駄よ、スレイド」ララはいきなり言った。

「まずは〝おはよう、スレイド〟か〝あなたに会えてうれしいわ、スレイド〟だろう?」

彼はあざ笑い、急に冷たい口調になった。「話はすませたよ。ドッブスが待っている。一時間後だ」

「ミスター・ドッブスに話したの?」答えはスレイドの顔に出ていた。ララの中で絶望が怒りへと変わる。「私の人生をめちゃくちゃにする権利は……」

「権利ならちゃんとある」彼はララの唇に視線を注ぎ、次いで目を見た。「証明してやろうか？」

ララは見つめ返した。法廷で会おうって言っているのかしら？　それとも、ゆうべみたいに私を抱きしめるとでも？

「あなたなんか大嫌い」声が震える。「聞こえたの、スレイド？　あなたなんか大嫌いだと言っているのよ！　私とマイケルの人生をもてあそべても、私の気持ちまでは変えられないわ」

「荷物はまとめたか？」スレイドの瞳に暗く危険な光が宿ったが、声は落ち着き払っている。それがかえってララをおびえさせた。

「荷物ですって？」ララはどきりとした。

「いいんだ」スレイドは彼女の脇《わき》をすり抜けて家の中へ入った。

彼がマイケルの部屋へ向かうのを見て、ララは慌ててあとを追った。「今、寝て……」

マイケルはベッドの手すりをつかんでふらつきながら立ち、目を丸くしてスレイドを見つめていた。

「やあ、マイク」スレイドは優しく声をかけた。

「マイケルよ。人見知りするから……」

スレイドはマイケルを抱き上げた。ララの愛する息子は、自分の顔をそのまま大人にしたようなスレイドの顔を真剣に見つめ、にっこりした。

「マイク」スレイドがささやくと、子どもはぽっちゃりした手で彼の口をさわった。スレイドはその手にキスをし、甘ずっぱい赤ん坊の香りを胸いっぱいに吸いこんだ。喉の奥からテニスボールほどのかたまりがこみあげてくる。血を分けた僕の息子……。

押し殺した声に彼が振り向くと、ララが口を手で覆い、大きく見開いた目に涙を浮かべて立っていた。すべてを失ってしまったようなその姿に、スレイドは一瞬哀れみを感じた。だが、彼自身が失ったものを思えば、同情には及ぶまいと思った。彼は何カ月も息子の存在を知らずにいた。マイケルは父親を知らずに育ったかもしれないのだ。

「本当に必要なものがあれば、今すぐにまとめろ」彼は冷酷に命じた。

「意味がわからないわ」

「それから僕の息子に必要なものもだ」

「私の子よ。マイケルは私のものよ、スレイド。私が産んで、あなたの助けを借りずに私が育て……」

「早くしろ。一時までにやるべきことがたくさんあるんだ」

ララはスレイドを見つめた。「なんですって？」

「ドッブスと会い、正午には結婚式を挙げ……」

「断るわ！」ララは激しく首を振った。

「それから、一時の飛行機に乗る」

「飛行機ですって？」ララは体の震えを止めるかのように、腕を体に巻きつけた。「スレイド。私はここに住んでいるのよ。家もあるし……」

「ミセス・クラウスがタクシーの中で待っている。君と僕がドップスと会い、治安判事の前で式を挙げる間、彼女は僕の子の面倒を見てくれる」

「どうして彼女を知っているの？　私のことを隠れて見張っていたの？」

「この家は賃貸業者に任せてもいいし、売ってもいい。君はもう戻ってはこないんだから」

「やっぱり見張っていたのね！」

「情報を集めたのさ、シュガー。その気になれば簡単なことだ」

スレイドは当てつけのように言ったが、ララは気にしてなどいられなかった。今は自分の人生を取り戻すことで頭の中がいっぱいだった。

「スレイド、自分のしていることをよく考えてちょうだい。あなたは私に何もかも捨てろと頼んでいるのよ。私の仕事も、キャリアも……」

「頼んでなどいない。命じているんだ」彼はかすかに笑った。「キャリアが欲しいって？　君はこれから母と妻の二役をこなすんだ。どちらも立派にやってもらうからな」

これでいい。彼は自分に言い聞かせた。彼女のひどい仕打ちを思えば、当然だ……。だが、マイケルを抱いて外に連れ出すララの瞳に恐怖と絶望が浮かんでいるのを見て、スレイドの心に影が差した。

九時。ララはエドウィン・ドッブスのオフィスでスレイドと並んで立っていた。スレイドは彼女の肩にしっかりと腕を回し、お互いひと目ぼれだったと説明している。ボーフォート銀行頭取はほほ笑んだ。

「銀行家は現実的でなければいけないのに、私は結構ロマンチストでね」ドッブスが言った。「それにしても、びっくりしたよ」

「僕たちもですよ」スレイドは腕に力をこめた。愛情表現に見えるが、彼の指は警告するようにララの肩に食いこんでいる。「そうだろう、ダーリン?」

私が相づちを打つとでも思っているの? 冗談じゃないわ。こんなショーを演出したのはあなたなんだから、あなたひとりで演じればいいのよ。

「それで、すぐに結婚するのか」ドッブスは笑いながらわずかに首を傾けた。「いつの間にこうなってしまったんだね?」

「男女が恋に落ちる瞬間など、誰にもわからないんじゃありませんか?」笑みは浮かべていても、スレイドは腕に力をこめたままだ。「ララは自分であなたに話すつもりでしたが、こういうことは二人で報告したほうがいいと思いまして」

「まあ、君にはめでたい出来事だな、スレイド」ドッブスはララがそこにいないかのような口ぶりで言った。「私には残念なニュースだがね。有能な幹部を失ってしまうのだから」

「すみません、ミスター・ドッブス」ララは初めて口を開いた。「こんな事情でなければ……」

「もっと早くご連絡したかった、って意味ですよ」スレイドはさりげなく口をはさみ、ララを見下ろした。「エドウィンなら理解してくれるさ」

「どうしてもとおっしゃるなら、二週間ほどここに残りますけど」ララは急いでドッブスに申し出た。

「ハネムーンをあきらめるつもりかね?」

頭取は笑い、スレイドも笑った。二人ともララの人生の段取りを勝手に決めていた。ララには口出しする権利がない、と言わんばかりに。

「心配には及ばない」ドッブスは言った。「仕事は君の助手が引き継いでくれる」

家は売りに出された。ミセス・クラウスは早朝手当てを稼ぎ、ドッブスは別の監査役を手配する。ララ以外の誰もが満足している。しかし、操り人形のララにはどうすることもできなかった。

一時間後、二人は治安判事の前に立っていた。ミセス・クラウスはマイケルを抱いて列席した。式は五分とかからず、最後に判事が〝花嫁にキスを〟とスレイドに言うと、ララは身を硬くした。

ゆうべ駐車場で応《こた》えてしまったのは、私の弱さの表れだったのよ。弱さは克服できるわ。ララにとって、スレイドは軽蔑《けいべつ》すべき存在だった。人生をめちゃくちゃにした彼を憎んでもいた。だが、スレイドが女性を力ずくでベッドに連れこむような男性ではないことを、彼女は知っていた。

一年半ほど前、彼は力など必要としなかった。そして哀れなくらい愚かなララは、あの晩の代償として残りの人生すべてを差し出さなければならない。

スレイドはララに触れなかった。見もしなかった。彼は判事に礼を言って握手し、冷たくララの肘をつかんで外に連れ出した。二台のリムジンが待っていた。一台はミセス・クラウスが自宅に戻るため、もう一台はスレイド一家が空港に向かうためだ。

ララは思わず子守り《ナニー》に手を伸ばした。無愛想なミセス・クラウスは驚いて彼女を抱きしめた。

「さようなら」ララは涙を浮かべて言い、車に乗りこんだ。スレイドがマイケルを抱いて乗り、ドアがばたんと閉まる。何もかもが終わったのだ。

危険なゲームをしたものだ、と今になってララは思い知った。マイケルこそ手に入れたものの、ほかのすべてを失ってしまった。プライドも、自立心も、自由も。

彼女はもはやララ・スティーブンスではなく、スレイド・バロンの花嫁だった。

二人はジェット機のファーストクラスの席に隣り合って座った。二人の間には、遠い過去の一夜の情熱以外何もない。

ララは我が子を自分の方に引き寄せた。マイケルはテディベアを抱きしめ、彼女の胸にもたれて眠っている。離陸するとき、息子は泣いた。耳鳴りのせいだと乗務員は言ったが、ララには我が子が未知の世界への旅立ちに不安を覚えているように思えた。

スレイドはマイケルをなだめようとした。しかし、ララは我が子を強く抱きしめ、放さなかった。

「私が抱いているからいいわ」彼女は言い放った。

スレイドの瞳が暗くなる。自分が抱くと言い張るに違いないとララは思ったが、彼はブリーフケースを開けて書類の束を取り出し、マイケルのことなど眼中にないかのように読みふけっている。

ララは気を引き締めた。

こうなると予想すべきだったわ。スレイドが欲しかったのは息子じゃなくて勝利だったのよ。勝利を手にしたとたん、彼は我が子に興味を失ってしまった……。けさマイケルを抱き上げたとき、彼は真の愛情をこめて子どもを見つめていたけれど。

真の愛情ですって？　デンバーでの出来事など取るに足りない、とはっきり言ったスレイドに真の愛情などあるわけがないわ。

ララは泣きたいのをこらえ、口を息子の頭に押しつけた。

スレイドにあるのはエゴだけよ。もし彼に愛する人がいるとしたら、自分自身にほかならないわ。彼はもうマイケルに興味を失ってしまった。もしかしたらじきに退屈して、欲しくもない妻と息子を元の生活に戻す気になるかもしれない。

ララは座席を後ろに倒し、我が子をさらに抱き寄せて目を閉じた。

全力を尽くさなければ。自分のためではなく、私の子のために。

スレイドは目の前の書類をぼんやり見つめながら、これからどうするべきか考えていた。

全力を尽くすしかない。僕自身のためではなく、僕の息子のために。問題は、ララだ。

まだ答えが見つからない。週末をテキサスで過ごし、帰りは妻子が一緒だ。

僕の息子。

まだぴんと来ない。子どもを作るつもりはなかった。子どもができれば、責任が重くのしかかってくる。スレイドは自分に自信が持てなかった。残りの人生をひとりの女性に縛られることになるからだ。だが子どもには、両親のそろった家庭を持つ権利がある。学校に行っている八時から三時までの間に、家族の顔ぶれが変わってはいけない。僕の子どものころのようであってはならないんだ……。

いい加減にしろ。感傷に浸っていたら、いつまでもいい考えが浮かばないじゃないか。ララは僕のことを冷たい人間で、自分が何をしているか常にわかっていると思っているようだが、それは間違いだ。

スレイドは内心おびえていた。

今日の行為は取り消しがきかない。

僕には妻がいる。ララという名前のほかに彼女のことは何も知らない。ベッドの中ではよかったが、今の状況では、過去の関係などどうでもいいと思いたくなる。

スレイドは妻をちらりと見た。マイケルを抱きしめたまま、目を閉じている。眠っているのか、僕を拒絶しているだけなのか。

わからない。でも、いい。時間はたっぷりある。文明人なら、お互いの本音を隠してうまく暮らしていけるだろう。何もかも息子のためなのだから……。

だが、スレイドはララの仕打ちを憎んでいた。妊娠を隠していたことだけではない。かつて腕の中でついたため息も、ささやきも、愛撫《あいぶ》も、熱い肌も唇の味も、すべてが嘘《うそ》だった。許せない。彼女が求めたのは彼ではない。試験管に代わる健康な男性なら誰でもよかったのだ。

あの晩のすべてが嘘だったんだ。

そうだろう？

あの夜、ララは僕の腕の中でとろけた。ああ、彼女の柔らかい感触……。

「当機はまもなくローガン空港に着陸いたします。ボストンの天候は快晴で……」

快晴か。スレイドは笑いそうになった。

ララが座席を元に戻す気配がした。マイケルのむずかる声にスレイドは振り返り、腕を差し伸べた。

「息子をよこしたまえ」彼は冷たく言った。

ララの顔から血の気が引いていく。ゆっくりと差し出されたマイケルを受け取ったとき、スレイドはララの手が震えているのに気づいた。

彼女はおびえている。いいぞ。スレイドは彼女に恐怖を味わわせてやりたかった。彼自身もおびえていたからだ。

ララは夫のそんな心を知る由もなかった。

スレイドは車を空港に残していた。ジャガーに妻と子を乗せ、ベビーシートを置き、おむつやおもちゃ、おやつなどの入ったバッグを入れるのは大変だった。彼が荷物を車に詰めこんでいる間、ララは黙ってマイケルを抱いていた。スレイドは彼女に笑われているような気がした。

独身でボストンを発《た》ち、妻子連れで帰ってくる羽目になったのは自業自得だろうか？

車はビーコン・ヒルを目指して走りだした。機内でスレイドがマイケルを一度抱き上げてから、誰も何も言わない。ついに彼は沈黙に耐えられなくなった。

「何か欲しいものはあるかい？」

「自由が欲しいわ」

スレイドは口もとを引き締め、目くじらを立てるなと肝に銘じた。

「マイケルに何か必要かときいたんだ。ショッピングモールに寄ってもいい」

ララはスレイドを見た。ハンドルの握り方が彼らしくないわ。もっと軽く握って、車の力が自分の筋肉に伝わってくるような運転をするタイプなのに。

「もし本気で私たちをここに住まわせるつもりなら、必要なものはたくさんあるわ」

スレイドはちらりと笑みを投げかけた。「僕の気が変わったと思ったのかい、シュガー？　君をローガン空港まで送るとでも？」彼の笑みが不意に消えた。「あきらめるんだな、ララ。君はここで暮らすんだ。必要なものを言いたまえ」

ララは前方に目をやった。夏の夕暮れどきだというのに、街は灰色に見える。少しも親しみがわいてこない。

「ベビーベッドがいるわ」彼女は声が震えないように努めた。「歩行器とベビーサークル、赤ちゃん用の椅子……」

「そういうのは明日買えばいい。さしあたり必要なものは？」

「何もないわ。食事は抱っこしてでもできるし。初めてお座りを覚えたときはソファの隅を利用して、両側に枕《まくら》を……」ララははっと息をのんだ。「なんとかなるわ」

「寝るのは？　大人用のベッドでも平気なのか？」

ララはばかにしたような笑い声をあげた。「赤ちゃんのことはろくに知らないのね」

「ああ、わかるわけがない」

ララは顔を赤くし、唇を噛《か》みしめた。ばかなことを言ってしまったわ。でも、謝るものですか。

「マイケルなら大丈夫よ。私が一緒に寝るから」

「今夜はな」

スレイドの厳しい横顔を見たとたん、ララの鼓動が速くなった。

「自分の楽しみまで得ようというのなら大間違いだわ。あなたは結婚を無理強いしたけれど、私をベッドに連れこむのは不可能よ」

スレイドは幹線道路から住宅街の曲がりくねった道に入った。まもなくね。ララは察した。

彼は車内の空気が張りつめていくのを感じ、ララを盗み見た。彼女の肌は透けるほど青白く、目の下に紫色の隈《くま》ができている。疲れ果て、おびえきっているようだ。ほんの一瞬、スレイドは車を道ばたに駐《と》めて彼女を抱きしめ、こう言ってやりたかった。

〝怖がることは何もない、僕は君と子どもの面倒をきちんと見る、君には同居以外何も求めない〟

ゆうべもけさも、スレイドは腹を立ててよけいなことまで口走ってしまった。だが、今は戦いに勝利を収め、落ち着きを取り戻している。ララを安心させてやりたい、と彼は思った。

スレイドは車庫の扉を開けるボタンを押した。愛車を入れてエンジンを切る。ララは隣で彫像のように座っている。

それだけで記憶が鮮やかによみがえった。

手の中にぴったりとおさまった彼女の胸、クリームのような肌の甘い味と香り……。

僕の息子を産んで、体つきは今まで以上に女らしくなったのだろうか？

彼女が両手を差し伸べるのを見ただけで、僕は今でも欲望に耐えられなくなってしまうのか？

そうであってほしいという思いと、そうならないでくれという思いが交錯する。

スレイドは口を真一文字に結んで車を降り、助手席の方に回って妻のためにドアを開けた。

9

ララはいきなり目が覚めた。動悸《どうき》がして息苦しい。

恐ろしい夢だった。遠く離れた土地で、見知らぬ部屋にいて……。

夢ではなくて現実だわ。今はスレイドの家にいるのだから。

私とマイケルはとらわれの身に……。

ララははっと上体を起こした。「マイケル？」

恐怖が全身を駆けめぐる。我が子の姿はどこにもない。テディベアが転がっているだけだ。

「マイケル」

ララは慌ててベッドを下りて部屋を見回し、家具の下をのぞき、たんすを開け、バスルームを点検した。それからララは血相を変え、部屋を飛び出した。天窓から陽光が降り注ぎ、らせん階段を照らしている。

「マイケル」脈拍が三倍も速くなった。

そのとき、子どもの笑い声が静かな家に響いた。ララは振り返り、耳を澄ました。笑い声が再び聞こえた。今度は大人の男性の声もまじっている。ララは廊下を走った。声が大きくなる。ドアの開いた突き当たりの部屋だわ。

そこはスレイドの寝室で、案の定、笑い声の主たちがいた。

スレイドは淡い青色の上掛けで体を覆い、仰向けになって膝を立てている。マイケルは父親の脚にもたれて腹の上に座り、親子は手をつないでいた。

「ご乗車の方はお急ぎください」スレイドはマイケルの左手を、次に右手をそっと引いた。「がたん、ごとん、がたん、ごとん、ぽっぽー……」

マイケルはきゃっきゃっと笑っている。父親になりたがっている見知らぬ男性と遊びながら。

ララはつかつかと部屋に入った。「私の子に何をしているつもりなの？」

笑い声がやんだ。マイケルが振り向き、スレイドは頭を上げた。ララは大股で巨大なベッドに向かい、我が子を腕に抱きかかえた。

マイケルは口もとを震わせた。「マ、マ、マ？」

「ママはここよ、スウィートハート」ララは歌うように言ったが、スレイドを見たとたんに口調を変えた。「あなたに質問しているのよ、スレイド。私の子に何をしていたの？」

上体を起こしたスレイドは、白いシルクのボクサーパンツしか身につけていない。ララは急に体がほてり、いっそう腹が立った。

マイケルはむずかって親指を吸っている。スレイドは警告するように彼女を一瞥《いちべつ》し、両足をカーペット敷きの床に下ろした。

「マイク、大丈夫だよ。君のママはたぶん心配だったんだ」

「たぶんですって?」ララはスレイドをにらみつけた。「目が覚めたらこの子がいなかったのよ」

「驚かせて悪かったね」スレイドは息子の髪をくしゃくしゃにかき回した。「目が覚めたら泣き声が聞こえたんだ。いつまでも泣きやまないから、部屋に入って彼を連れてきたのさ」

「この子が泣いたら私にもわかるわ」

「とにかく泣いていたんだ」スレイドは立ち上がった。「君は僕にどうしろと言うんだね?」

ララは半裸の彼に視線を走らせ、顔を桃色に染めた。「なんとかしてくれない?」

「何を?」

「そんな格好でうろうろしなきゃいけないの? 少しは礼儀をわきまえて……」

スレイドは笑った。「これでも礼儀をわきまえたつもりだけどね。寝るときは何も着ないけれど、息子を救いに行くために、さすがにけさはパンツをはいたよ」彼は寝起きでぼさぼさのララの髪を見やり、視線をTシャツへ移した。「君だって、女王陛下に拝謁する格好じゃないと思うが」

ララの顔はさらに赤くなった。「必死だったのよ。マイケルがいなくなっていたから……」

「わかったよ」スレイドはぶっきらぼうに言い、彼女に背を向けた。

スレイドのだぶだぶのTシャツをララはいやがったが、ほかに着るものがなかった。彼女が着たらどんな感じだろう。彼は気になり、ゆうべはろくに眠れなかった。今、目の前にその答えがある。胸の頂がかすかに浮き上がり、長い脚はむき出しだ……。

まずい。スレイドはたんすからジーンズを引っ張り出した。

「心配させるつもりじゃなかったんだ」言いながらジーンズに脚を通す。「君は眠っていたからマイケルを連れていっておむつを替え、食事をさせ……」

「あなたがおむつを替えたの?」

「箱に書いてあるとおりにやっただけだよ」

「食事も?　赤ちゃんが何を食べるか、どうしてわかったの?」

「簡単さ」スレイドは彼女の方に向き直り、ジーンズの後ろのポケットに両手を突っこんだ。ジッパーは上げたものの、ボタンは留めていない。「自分なら朝起きて最初に何を食べたいか考えたんだ。それで、かりかりのベーコンと、マッシュルームとたまねぎのオムレッとポテトフライ、ブラックコーヒーを……」

「なんですって？」

ぎょっとしたララの顔を見て、スレイドは笑った。「スクランブルエッグとトーストを一枚こしらえたんだ。マイクはきれいに平らげたよ。なあ？」

彼がにやりと笑うと、マイケルも笑い返した。

「名前はマイケルよ」ララは冷たく言った。

「マイケルっていうのは堅苦しい感じだな」

スレイドはマイケルに腕を差し伸べた。ララは息子を抱きしめたが、マイケルは父親の方に手を伸ばした。「僕たちはマイクでいいだろう？」

スレイドが高い高いをしてやる様子を、ララは黙って見つめていた。マイケルは手足をばたばたさせて喜んでいる。

「ダ、ダ」彼は元気よく言った。

「そう、僕はお前のダディだよ」

「そんなこと言わなかったわ」

二十四時間が過ぎただけで、ララはすでに息子を失いかけていた。

「言ったさ。マイク、僕はだーれだ？」スレイドは再び子どもを高く掲げ、笑ってみせた。

「ダディって言ってごらん。ダ、ディ、ダ、ディ……」

「まだしゃべれないわ」ララはそっけなく言った。

「ママと言ってるじゃないか」

「ただ音を出しているだけよ。私にはわかるわ、この子の母親ですもの」

「僕は父親だ」スレイドの声が突然、険しさを帯びた。「君も早くなじんだほうがいい」

「あなたはマイケルのことを何も知らないわ。何ひとつわかっていないのよ」

「とにかく、うまくいったさ。彼は汽車ぽっぽの遊びを気に入ったし、父親特製のスクランブルエッグが大好きだ」

「マイケルが何を食べるのか、私にきこうとは思わなかったの？」

「君は寝ていたから、ヘルガに電話したんだ」

ララは心臓を冷たい手でつかまれたような気持ちになった。「そうだったの」明るく言う。

「それで、彼女が……」

「想像つくわ。キャビアとシャンパンとパテにしろって……」

「よせよ」

「私に指図しないでちょうだい」

「よせと言ったんだ。僕の息子がおびえているじゃないか」

「あなたの？　あなたの息子ですって？」

　マイケルが泣きだした。ララはスレイドをにらみつけ、その手から子どもを引ったくった。

「あなたのせいよ」言うなり、ララはさっさと部屋を出た。これ以上ばかなまねはしたくない。

　マイケルのことが気が気でなかったもの。それに、スレイドはちゃんと服を着られないの？　上半身裸で、ジーンズのボタンも留めないで……。

　ララは自分の部屋のドアを閉め、そこに寄りかかった。けさスレイドに寝姿を見られたと思い、怒りがこみあげてくる。

　ヘルガのことは……。私には関係ないわ。

　ララには我が子がすべてだった。マイケルは疲れきっている。長旅の影響らしいが、ララはスレイドがあんな遊びをしたせいだと自分に言い聞かせた。

　息子を優しく揺すりながら歌を口ずさむ。彼のまつげが頬に届き、深い眠りに落ちるまで、彼女はマイケルを抱いていた。それから床にベッドを作って枕《まくら》と毛布で囲い、バスルームのドアを寝椅子でふさいだ。

　ララはシャワーを浴びて着替え、寝ている子を抱いて一階に下りた。居間の隅に別のベッドをこしらえ、マイケルをそっと寝かせる。起きる気配がないのを確認してから、コーヒーの香りが漂ってくるキッチンへ向かった。

スレイドは背もたれのないスツールに腰かけ、白い大理石のカウンターで新聞を読んでいた。シャワーを浴びたらしく、髪は湿り、耳や首筋で軽くカールしている。着ているTシャツはジーンズと同じで色あせ、体にぴったり張りついていた。

ララはふと、後ろから近づいて肩に手をかけ、振り向いた彼の口にキスをする場面を思い描いた。熱く目のくらむような波が胸から腹部へ流れていく。

この男性が――男性の見本とも言うべきゴージャスな人が、私の夫なのだわ。

ララは自己嫌悪のあまり、何かつぶやいたに違いない。スレイドが振り返った。彼女はほんの一瞬、髪を三つ編みにして不格好なTシャツと古いジーンズを身につけたのを後悔した。だが、スレイドの視線は、彼女など見るに値しないと言わんばかりに遠ざかる。ララの胸に怒りがよみがえった。

「お邪魔かしら」彼女は皮肉たっぷりに言った。

「全然。マイクは？」

「マイケルなら眠っているわ」

「ひとりで大丈夫かい？」

ララは哀れむように彼を一瞥し、ガスこんろのところへ行ってコーヒーをついだ。

「大丈夫だと思わなかったらひとりにしないわ」

「砂糖とクリームもあるよ」

「ありがとう。でも、ブラックがいいの」

「僕もだ」

「こんな会話で私が大喜びするとでも思って？」

「お互いの習慣を知っておいたほうが楽だと思わないかい？」

「思わないわ」ララは冷たく応じた。

スレイドは深呼吸をひとつした。「わかったよ。それならマイクの話をしてくれないか。僕は子どものことはあまり……」

「そうね」

「午前中でもよく眠るのかい？」

「いいえ。今は疲れているのよ」

スレイドはカウンターに肘をつき、両手でマグカップを包んだ。「きのうは長旅だったからな」

「疲れたのはけさあなたと遊んだせいよ」

「そうかな？」彼はカップの端からララをのぞき見てにやりとした。「あいつは喜んでいたよ」

「マイケルは荒っぽい遊びには慣れていないから」

「すぐに慣れるさ。楽しかったなあ」

ララの心にけさのシーンがよみがえった。彼女は胸を締めつけられる思いを味わいながらも、スレイドに向かって哀れむような笑みを浮かべた。

「私がおもちゃを与えたら、あの子は静かな遊びのほうが好きなのがわかるわ」

スレイドに部外者だとわからせるためなら、嘘《うそ》をついてもいいわ。

「あいつは両方できるさ。静かな遊びは君と、荒っぽいのは僕と」スレイドは咳《せき》払いをした。「おもちゃと言えば……。マイクのために、ちょっとしたものを注文したんだ」

スレイドはさりげなく言ったが、その目には誇らしげな光が宿っていた。

「ちょっとしたものって？」ララは慎重に尋ねた。

「ブロックだよ。それから木製の機関車とぬいぐるみを二つ……。あのテディベアがお気に入りだから、子羊と恐竜ならいいかと思ってね」

「恐竜？」ララは小さな声でききい返した。

「紫色なんだ。子どもは恐竜が好きだってヘルガが言ったから」

「ヘルガね」彼女の声はますます小さくなった。

「うん。それから……」スレイドは立ち上がり、腕を組んでカウンターに寄りかかった。「ベビーベッドとベビーサークル、赤ちゃん用の椅子。歩行器も……。君がきのう言っていたやつだよ」

ララは自分の家に置いてきた品々を思った。子どものものをあれこれ迷って買うのはなんと楽しかったことだろう。それをスレイドは、いとも簡単に新品に買い換えてしまった。

「全部、私になんの相談もしないで買ったの？」

「君は寝ていたから……」

「口実にならないわ」ララも腕組みをした。

「マイクに必要なんだろう？　だからテッドに電話をしたんだ」

「テッドね……」ララはぎごちない笑みを浮かべた。「テオドラのことかしら？」

「テッド・レビン、仕事の相棒だよ。彼には子どもが二人いるから、ボストンでいちばんいい子ども用品店を教えてもらったんだ」スレイドはテッドにわけをきかれ、近所の人に頼まれたと説明した。いきなり妻子持ちになったなどと言えるわけがない。

「実物を見もしないで注文してしまったの？」

スレイドの顔から笑みが消えた。「気に入らなければ、返品すればいい。僕はただ……」

「あなたの考えはわかっているわ、スレイド。あの子の人生から私を追い出すつもりなのよ……。あなたひとりで子どもと遊んだり、プレゼントを買ったりできるようにね」

「ばかなことを言うな」

「私にわからないとでも思っていたの？　あなたは……」怒りのあまり言葉に詰まった。

スレイドを非難するなど、どうかしている。マイケルが心から慕っているのは私なのに。

彼は私の子なのよ。

それに、浮浪者みたいな姿の男性と議論してなんになるというの？　髪も湿り、裸足《はだし》で、Tシャツも色あせたジーンズも体にぴったりしている。ひげも剃《そ》っていない。私は男性の無精ひげが嫌い……。

だが、自分をだまそうとしても無駄だった。スレイドはひどくセクシーで、少女が夢見る不良っぽい少年を思わせた。この魅力的な男性が私の夫なのだ。

「僕がなんだって？」スレイドがきいた。

「なんでもないわ。忘れてちょうだい……」ララは心の中で十数えてから口を開いた。「要するに、私たちには基本ルールを作る必要があるってことよ」

「なんのために？」

「すべてのためによ。けさだって、あなたはマイケルに食事をさせ、遊んでやったでしょう」

スレイドは両手を差し出した。「逮捕してくれ。僕が悪かった」

「あの子にいろいろ買ってやり……」

「すぐに配達するよう頼んだから……。あと一時間ほどで届くだろう」彼はひとり悦に入っていた。

「私に相談すべきだったのよ」ララは言い張った。

スレイドは肩をすくめた。「わかったよ」

「それから……私の部屋にノックもしないで入ったでしょう」

「マイクが泣いていたんだ」

「あなたが勝手に言っているだけよ。でも、今後は……」

「今後は君の部屋に押し入る必要はないだろうね」

二人の目が合った。スレイドの言葉が何を意味しているかは明らかだ。ララは咳払いをした。

「もうひとつ……あなたは新たなスポック博士に頼っているわね」

「はあ?」

「ヘルガとも言うわ」ララは両手を腰にあてがい、かすかにほほ笑んでみせた。「あなたが頭が空っぽの女性にアドバイスを求めていたなんて……」

「ヘルガの頭が空っぽだって?」

ララの顔に赤みが差した。「あなたが誰と何をしようがかまわないわ。でも、スカンジナビアの金髪女性に相談するのは……」

「もういい」スレイドは両手を上げた。「君は事実をきちんと認識するべきだ。ヘルガはばかじゃないし、金髪でもない。彼女は……」

「我が子に何が必要で何が不要かは、母親の私が知っているって言いたいのよ」ララは拳《こぶし》で胸をたたいた。「これからは二度とマイケルのことでガールフレンドに相談しないでちょうだい」

「君は本当におもしろい結論を導き出すなあ」スレイドは静かに言った。

「あなたの考えは見え見えよ。ハーレムのメンバーの名前を次々に挙げていったら、私がきっと……」

「嫉妬《しっと》かい」

「ばかなこと言わないで」ララは笑った。

スレイドの顔にセクシーな笑みが広がる。「僕はいつでもひとりの女性としかつき合わないんだよ、ダーリン」

「どうでもいいことよ。私は……」

「君と僕は結婚した。これからはお互い、僕らの息子のためによき親となるんだ」

「それとこれとは関係が……」

「君は僕の妻だ」

「好きで結婚したわけじゃないでしょう」

「君は僕の妻なんだ」スレイドはカウンターから離れ、ララの肩をつかんだ。「君がいるのに、どうしてほかの女性を求める必要がある?」

ララの鼓動が速くなった。「放して、スレイド」

「なぜ?」彼の目は一瞬ララの唇に注がれた。「君を傷つけてなどいない。触れているだけだ。夫は妻に触れる資格がある」

「私は……。あなたの妻じゃないわ」どきどきしてしまうのはどうして？　彼は気づいてしまったかしら？「結婚証明書なんていう紙切れ一枚で……」

「君はしゃべりすぎだ」

スレイドは彼女の唇をかすめるようにキスをした。ララは心の準備をする暇もなかった。

「たかが紙切れ一枚で、自分の好きにできると思ったら……」

スレイドは再びキスをした。今度はララの髪に手を滑らせ、彼女が震えだすまで唇を離さない。

「ルールが欲しいのかい？」彼の声が蜂蜜《はちみつ》のようにまとわりつく。「じゃあ、こうしよう。僕は君を裏切らない。君も僕を裏切らない。お互いほかの異性とつき合うのは禁止だ。オーケー？」

ララは舌先を下唇に這《は》わせた。「あなたがどうしても独身のような気がしてしまって」

スレイドはほほ笑んだ。その顔にはっきりとした意思を読み取ったララは、膝の力が抜けていった。

「誠実と独身の違いはもちろんわかるだろう？　君と僕との問題も解決していかないとね」彼は上体をかがめて軽くキスをし、ララの下唇をそっと噛《か》んだ。

とうとうララはうめき、両手で彼の胸に触れた。「私は……」

「嘘をつくんじゃない、シュガー。僕にも自分に対してもね」スレイドはカウンターにもたれ、彼女を脚の間に引き寄せた。「あんなすばらしい夜は、君と過ごしたひと晩しかなかったんだ」

「あの晩のことは話したくないわ」

スレイドは低く笑った。「僕もさ」腕を彼女に回し、抱き寄せる。「また同じ体験がしたいだけだ」

「それが目的で私に結婚を押しつけたのなら計算違いよ。あなたとベッドを共にする気はないわ」

「僕たちはこの結婚をこれから本物の結婚にしていくんだ。僕の――僕たちの子は愛してくれる両親と本当の家庭に恵まれるんだよ」

「私はもうマイケルを愛しているわ。でも、あなたにはそんなふりをしないから」

「愛しているふりかい？」スレイドは耳ざわりな笑い声をあげた。「僕を憎むのをやめて、頭を働かせるんだ、ララ。僕たちは結婚した。愛する息子もいるし、想像を絶するようなセックスもできる。正直に認めたまえ。そうすればうまくやっていけるよ」

「ご立派な意見ね。だけど、時間の無駄よ……」

スレイドはいきなりララを後ろ向きにして壁に押しつけ、片手で彼女の両手首をつかみ、頭上高く固定した。

「君がコーヒーをブラックで飲むのは初耳だったけれど、男性に注目されたいのは知っている。そのほうが都合いい。僕は女性なしではやっていけないタイプだからな。この結婚が遊び半分でない以上、行きつくところはひとつしかない」

ララは必死で涙をこらえた。私たちにはセックスしか存在しないのね。でも、彼に特別な感情など期待するものですか。「ひとつ教えてあげるわ、スレイド・バロン。あなたは最低よ!」

「正直なぶん、君よりはるかにましさ」

「正直ですって?」ララは笑った。「そうよね。誠実を口にしながら、結婚した次の日にはもう大切なヘルガに電話をしているんですもの」

「ヘルガだって?」スレイドは笑いかけて思いとどまった。僕のほうが有利な立場にいるのだから、いちいち誤解を解くこともない。「もうヘルガに相談しないと言えば、君の機嫌は直るのかい?」

「あなたが約束したって、何も変わりはしないわ」

「ヘルガは僕にとってなんでもないんだ。信じてくれ」

「嘘をつかないで。彼女に電話したくてたまらなかったくせに」

スレイドは深呼吸し、顔をララに近づけた。「最初からやり直そう。君がキッチンに入ってきたところから。僕はおはようと言い、君は自分のコーヒーをついで……」

「あなたは私に気づいたとたん、ヘルガのことを自慢げに話したわ。ベッドルームにいたときよ」

「少し黙って僕の話を聞いてくれないか?」

「誰が聞くものですか！　あなたはなんでも自分の思いどおりにできると思っているのよ。私に結婚を押しつけ、今度はベッドで楽しもうとし、おまけに愛人たちには我慢しろと……」

「黙れと言っているんだ」スレイドは唇を押しつけてララの口をふさいだ。

彼の唇は熱く、貪欲《どんよく》で、両手は彼女の背筋を伝ってヒップの曲線にあてがわれた。

「キスして」スレイドはささやいた。「口を開けて、シュガー。僕に味わわせてくれ」

ララはうめき声をもらして従った。

スレイドは勝利の声をあげ、彼女の体を引き上げた。ララは下腹部に固いものを感じて小さく叫び、彼のシャツを握りしめた。

スレイドはTシャツの裾《すそ》から手を滑りこませ、ララの肌に触れた。温かくざらざらした彼の手が脇腹《わきばら》を這い、胸を包む。ララは快感のあまり身を震わせた。

「君はもう僕のものだよ、ララ。帰る飛行機もないし、こっそり逃げ出して、僕に思い出だけを残すこともできないんだ」

スレイドが唇を喉に押しつけ、軽く噛むと、ララは頭をのけぞらせた。彼はその香りを胸いっぱいに吸いこみ、彼女の味に溺《おぼ》れた。腕の中のララはまるで蜂蜜だ。甘くとろけ、抵抗しない。スレイドはもはや我慢できなかった。手を震わせながらブラジャーのホックをはずす。そしてTシャツをめくり、身をかがめて胸の頂を口に含んだ。

「スレイド」ララはささやき、彼の首に腕を巻きつけた。

「僕が欲しいと言ってくれ」

言えるわけがない。ララは頭のどこかで思った。スレイドは私の人生をめちゃくちゃにして、私が思い描いていた生き方とはかけ離れたものに作り変えてしまったのよ。彼がどんな人かもわからない。信用もしていないし、もちろん愛してだって……。

だが、二人が抱き合ったとき、何か信じられないことが起きた。それは動かし難い事実だった。

ララは初めて一縷《いちる》の希望を見いだした。スレイドとうまくやっていけるかもしれない。門出は普通の結婚とは大違いだったけれど、でも、普通の結婚って何? 永遠の愛を誓ったカップルの行く末を、私はいくつも見てきたわ。

スレイドはララを妻として求め、マイケルをも求めた。誠意を尽くすと約束した。そして、ララも彼を求めていた……。

「シュガー、何が欲しいのか言ってくれ」

スレイドは片手をララの髪に入れ、もう片方の手を腰に当て、彼女がとろけだすまでキスをした。

ついにララは喉の奥から絞り出すように彼の名を口にした。「あなたよ。あなたが欲しいの、スレイド。今までもずっとあなたが欲しくてたまらなかった。あの晩のことを幾度思い返したことか」

スレイドはララのジーンズのジッパーを下ろし、手を差し入れた。「ララ、僕にさわって」

彼女は言われたとおりにした。デニムの上から熱く固い彼自身の脈動が伝わってくる。

「これ以上待てないよ、ララ。君が必要なんだ」

スレイドはララを抱き上げ、キスをした。あまりに熱く生々しいキスに、彼女は腕を彼の首にからめてひたすら喜びの声をあげた。

彼は片手で払ってカウンターの上の食器類を全部床に落とし、ララをそこに座らせた。

ララは夫を見つめ、優雅な弧を描いている鎖骨を指でなぞり、肩の固い筋肉に触れた。

「やめてくれ」スレイドは身を震わせ、ララの手首をつかんでその手にキスをした。「今君に触れられたら、僕はもう……」

ララのTシャツをぐいと引き上げ、甘い胸の谷間に顔をうずめる。ララはうめき、頭をのけぞらせ、彼の髪に指を走らせた。

「旦那《だんな》さま?」

ララはほっと目を見開いた。

「旦那さま？　どこにいらっしゃいます？」

「スレイド！」

「うーむ、おいしい」彼はララの肌をなめた。

「スレイド！」ララは彼の肩をたたいた。

「ララ」スレイドは彼女の腰をつかみ、カウンターの端へ引き寄せた。「もっと前の方へ……」

「旦那さま……。まあ！」

その女性はキッチンの戸口で立ち止まり、青い瞳を皿のように丸くして、スレイドの肩越しにララを見た。ララも彼女を見返した。その中年女性の腕の中で、マイケルがうれしそうに笑っている。

ララは声にならない叫びをあげ、カウンターから下りようとしたが、スレイドは放そうとしない。

彼は深く息を吸いこんでララのTシャツを下ろし、事もなげに振り返った。

「ヘルガ、ちょうどよかった。紹介しよう。妻のララだ。息子のマイケルとは対面がすんだようだね」

ヘルガはまばたきひとつしない。

「はじめまして、ミセス・バロン」彼女は慇懃《いんぎん》に言った。

マイケルは楽しそうに笑い、ヘルガの腕の中で飛び跳ねた。「ダーダーダ」

もう安心だ、とスレイドは思った。ララはまだ彫像のように身を固くしているが、最大の危機は過ぎ去った。彼は最高の笑みを浮かべてララを見た。

「ララ、紹介しよう。家政婦の……」

「あなたって人は！」ララはいきなり彼の顔めがけてパンチを見舞った。

10

スレイドはオフィスの窓辺に立ち、チャールズ川を眺めていた。

ガラスに映る自分の顔は見たくない。五日たった今も、目の下が黒く腫《は》れあがっている。スレイドはおそるおそる目の下を指で触れてみた。まだひりひりする。妻のパンチは強力だった。

そのあとがいけなかった。

ヘルガはフィンランド語で猛烈に抗議し、マイケルはおもしろがって大笑いし、ララは彼の鼻先で宣言した。

「二度と私に近づかないで、スレイド・バロン！」

ララはマイケルを連れてキッチンを去った。ヘルガもそそくさと出ていった。スレイドは足音を忍ばせて階段を上がり、シャワーを浴びて家を飛び出した。

スレイドは冷たい窓ガラスに額を押し当てた。幸せな独身生活はどこへ消えてしまったんだ？　家政婦はろくに口をきかず、妻はひと言もしゃべらない。帰宅した彼を喜んで迎えてくれるのは、息子ただひとりだ。

スレイドの口もとに笑みが浮かんだ。あのおむつをつけたエネルギーのかたまりに、こんなにも早くほれこんでしまうとは。マイケルは賢い。かわいくて性格もいい。スレイドは、機会さえあれば子どもの写真を見せびらかす父親の仲間入りをしたかった。

そのためには、結婚したと言わなければならない。だが、今はとてもそんな雰囲気ではなかった。ジャックやテッド、そして設計助手たちまでが、スレイドの目もとに異常なほど興味を示している。

「ドアにぶつかったんだよ」スレイドは先手を打った。

「そういうことにしておくか」ジャックは答え、にやりと笑った。

オフィスの全員が何かを察していた。正式な秘書になっていいとスレイドが告げると、ベッツィーは二日ほど考えさせてくれと言った。

家庭でも状況はあまり芳しくなかった。

自分の家だというのに、マイケルを除けば、誰からも相手にされない。いったい誰のせいなんだ?

「ララだ」彼は声に出して言った。

僕は悪いことなど何もしていない。息子がいるのに気づき、自分で育てると要求をして、なぜ悪い? まあ、いくぶん性急だったのは認めよう。でも、ほかにどうしようもなかったじゃないか？

　マイケルには家族に恵まれる資格がある。だからこそ、僕はララに結婚を押しつけた。彼女に友人や仕事、家を捨てさせた。仕方なかったんだ、僕の息子が幸せな家庭を得るためには。

　スレイドは椅子の背にかけていた上着を取り、インターコムのボタンを押した。

「午後の予定はキャンセルしてくれ、ベッツィー。今から出かける」


　ヘルガはキッチンのカウンターでにんじんを賽《さい》の目に切っていた。

　マイケルはベビー用の椅子に座り、べとべとになったビスケットを振り回しながら、包丁の動きを興味深げに見つめている。

「ダーダ」勝手口から突然スレイドが現れると、マイケルははしゃいだ。

「やあ、ただいま」スレイドは息子を高く抱き上げ、喉に派手な音をたててキスをした。

　マイケルはくすぐったそうに笑う。父は息子を椅子に座らせた。「やあ、ヘルガ」彼は家政婦のこわばった背中に声をかけた。「ミセス・バロンはどこにいる？」

　ヘルガはなかなか返事をしなかった。「二階です。旦那《だんな》さまと顔を合わせたくないようですがね」

「情報をありがとう」

ヘルガは鼻を鳴らし、スレイドは咳《せき》払いをした。

「それで、僕の子とはうまくやっているんだね？」

ヘルガはぞっとするような視線を主《あるじ》に送った。「とてもいい子ですよ、母親そっくりで」

彼はその言葉を予期していたようにうなずいた。

「週末うちにいてほしいんだが。今日の午後から月曜の夜遅くまでくらいだけど？」

「ミセス・バロンがそうおっしゃるなら」

「僕が頼んでいるんだ。二、三日彼女を外に連れ出したいんでね」スレイドはまた咳払いをした。「僕たちには問題が残っているんだよ」

「そのようですね」

「いてくれるかい？」

スレイドは息を止めて返事を待った。ついにヘルガは包丁を置き、雇主の方を振り返った。

「すばらしい考えだと思いますよ」彼女はエプロンで手をふき、マイケルを抱き上げた。

「日那さまの息子さんも賛成するでしょう」

ララを説得するのは困難を極めた。

「あの子を置いていくなんてできないわ」

「ヘルガがきちんと面倒を見てくれるさ」

「そうでしょうね、もしも私がばかみたいにあなたとホテルで週末を過ごすなら」

スレイドは妻の肩をつかみ、そっと自分の方へ向かせた。ララの瞳は冷たく、警戒の表情が浮かんでいる。以前僕の腕の中で目覚めたときの顔とはなんという違いだろう。

「週末をベッドで過ごそうなんて言っていないよ」

ララの頬はかすかに赤く染まったが、視線は相変わらずだ。「違うの？」

「ああ」スレイドは彼女を放し、両手をズボンのポケットに突っこんだ。「実は、僕のやり方が間違っていたと思い始めてね」

ララは用心深く彼を見つめた。「どういう意味かしら？」

「別の方法を採るべきだったたってことだよ」

数日ぶりにララの顔がほころぶのを見て、スレイドは気持ちが軽くなった。

「本気で言っているの？」

「うん」

「ああ、スレイド、ありがとう」

ララの心からの笑みに、スレイドの心は空高く舞い上がった。

「どういたしまして」

「すぐに支度するわ」ララはクロゼットの扉を開けた。「持ち物はたいしてないから」

スレイドの笑みが消えかかった。「わかっている。君に荷造りする暇もあげなかったからな。だからクレジットカードを渡したのに……」

「あなたから何も取りたくなかったの」ララは再び彼を見た。「後悔させないって約束するわ」

スレイドはうなずいた。「後悔などしないよ」

ララは腕に抱えた荷物をベッドの上に投げ出した。「ボーフォート銀行は、また雇ってくれると思うの。私の家も取り戻せるかもしれない。もしだめなら、私たちの新しい住所と電話番号を知らせ……」

スレイドはララの腕をつかみ、自分の方に向かせた。「なんだって？」

「私たちの住所よ。マイケルと私の」ララはほほ笑んだ。「私もあなたに言うことがあるわ」

「そうかい」抑揚のない声だった。

「マイケルにはあなたが必要ではない、っていうのは間違っていたわ。あなたがそばにいるのがあの子にとってどんなに大事かわかったの」ララの笑みはまぶしかった。「あなたさえよかったら、毎週末あの子に会いに来て。電話さえしてくれたら……」

スレイドの手が肌に食いこみ、ララは息をのんだ。

「どうしたの？　なぜそんなふうに私を見るの？」

「自分にあきれてしまうよ」スレイドは静かに言った。「君がどんなに冷たく利口に立ち回れるかを忘れていたんだからな」

ララの顔から笑みが消えた。「どういうこと？」

「ああ、君にはわからないだろう」スレイドは手を離した。ララに触れたくもない。こんなに腹を立てたのは初めてだ。僕がマイケルを手放すとでも思ったのだろうか？　お前がララを手放すとでも、ではないのか？　内なる声のささやきに、スレイドはよけい腹が立った。

「結婚を解消するつもりはない」

ララはうなだれた。「でも、あなたは……」

「性急すぎたようだ、と言ったんだ。心の準備ができるよう、君に何日か与えるべきだった」

「そんな……」ララの抱えていた服が床に落ちた。

スレイドはあざ笑った。「僕はタイミングを誤ったんだ。マイクはちゃんとした家庭の中で育てたい。でも、君を連れてきてから、この家は軍事基地になってしまった」

「あなたはタイミングを誤り、週末をホテルで過ごせば問題が解決すると思っている。そういうことかしら？」ララは苦々しい笑みを浮かべた。「私をばかだと思っているのね！」

「考え方の違いを話し合うんだ。帰宅したら、立派な親として我が子に接することができるように」

「そうでしょうね。ちょっとした音楽やら、キャンドルやらで……」

「残念ながら、誘惑は僕の計画にはないんだよ」

「あなたの計画。あなたの子。あなたの人生。あなたは自分が世界の所有者だと思っているのよ！」

「君は僕のものだ。忘れるんじゃない」

スレイドの瞳に激しい怒りを発見し、ララは息をのんだ。

「誰が忘れるものですか」彼女は悪意に満ちた声で言った。「誰が……」スレイドが部屋から出ていくと、彼女は両手で顔を覆った。


ララはどうして僕をこんなに怒らせるんだ？

まともな話をしようとするたびに、彼女は僕の言葉をねじ曲げる。そのせいで僕は心にもないことを口走ってしまう。僕は彼女を所有してなどいない。あんなに独立心旺盛《おうせい》な女性を所有できる男性なんかいるものか。

スレイドは顔をしかめ、愛車ブレイザーのアクセルをさらに踏みこんだ。

いっそ彼女に荷造りを続けさせればよかったのだろうか。厄介払いできてせいせいする。

息子をここに置いて、僕の人生から出ていってくれ、と言わなかったのは、マイケルには両親が必要だからだ。

スレイドはミラーをちらりと見やった。ララは精いっぱい彼から離れて座っている。これでいい。山猫みたいな女性を誘惑するなど……。

彼女を抱きしめ、愛撫《あいぶ》し、唇を這《は》わせていく。喜びのあまり彼女の瞳が暗くなるのを見つめながら、深く彼女の体内に入り……。

スレイドはうめき声を噛《か》み殺し、運転に集中しようとした。ララが何かしゃべってくれたら、少なくともどこへ行くのかと尋ねてくれたら……。

だが、ララは無表情な顔で階段を下りてきて以来、ひと言も口をきかない。

くそっ、いったい彼女は何を考えているんだ？

まったく、スレイドは何を考えているの？

行き先を私がきくのを待っているんだわ。勝手に待ってなさい。

それにしても、どこへ行くつもりかしら？　黒のブレイザーは猛スピードで進んでいく。ボストンのホテルではなさそうね。マサチューセッツの海岸線に点在する美しいホテルやモーテルも、もう通り過ぎてしまったわ。

スレイドはそれでも黙っている。

ララはこっそり彼を見た。花崗岩《かこう》を削ったような横顔だ。おまけに口を引き結び、顎の角度も挑戦的で……。そうやっていつまでも彫像みたいに座っていればいいわ。

ララは顔をしかめ、腕組みをして座席に深くもたれた。彼はどうしてわからないのかしら？　結婚してもうまくいくはずがないのに。両親が軽蔑《けいべつ》し合っていたら、マイケルだって不幸よ。

だが、そんなことを指摘しても無意味だとララにはわかっていた。スレイド・バロンは傲慢《ごうまん》で自己中心的なだけではなく、騾馬《らば》のように頑固なのだ。

一方で、彼は最高にゴージャスな男性で、キスのうまさも天下一品だった。

ララは背筋を伸ばした。確かにキスは上手だけれど、それがどうだっていうの？　この前の朝、彼がキスをしたのは……それは……。

ララが望んだからだ。キッチンのカウンターで、彼にすべてをしてもらいたかったからだ。

ばかげていた、としか言いようがないわ。もしヘルガが来てくれなかったら……。

ララの体に熱いものが流れた。彼女は窓の方を向き、何も考えまいと努めた。ちょうどそのとき、車が幹線道路から田舎道へ入った。

メーン州と看板が出ている。道は狭く、上り坂になった。日が西に沈むころ、スレイドは壊れかけた木造家屋の前で急停車した。車を降り、助手席のドアへ回る。ララは腕組みをして座ったまま、前方を見つめていた。

「降りるのか?」彼はぶっきらぼうにきいた。

彼女は傾いた家屋を見やった。「車で寝るほうがましよ」

「そうせざるを得ないさ」スレイドはそっけなく言い、助手席のドアを開けた。「ここは雑貨屋だ。僕が買い物をしている間、君は何か食べていてもいい。ここに座ってむくれていてもかまわない」

ララはスレイドをにらみつけた。スレイドもにらみ返す。

「好きにしたまえ」

ララは車の中で、おなかが鳴るのを聞いていた。

しばらくして、スレイドは巨大な箱を抱えて戻ってきた。車の後部座席に箱を置き、運転席に戻るとララの膝に小さな包みをほうり投げた。

「なんなの、これ?」ララはいまいましげにきいた。

「ローストビーフのサンドイッチさ」スレイドは車を発進させながら彼女を見た。「僕の思いつきじゃない。君が犠牲者みたいな顔をして車に乗っているのをアーニーが見て……店の主人だけど……」

「私は犠牲者じゃないわ。あなたから何ももらいたくないだけ」

「食べたくないなら僕にくれ。僕はここに来たときは必ず、アーニーのローストビーフを食べているんだ」

どこに来たときですって？　質問する代わりに、彼女は小さな包みを開け、外側のぱりっとしたロールパンをひと口食べた。マヨネーズが口の中に広がり、胃が感謝の声をあげそうになる。

「おいしいかい？」彼女が最後のひと口をのみこむと、スレイドがきいた。

「いけるわね」ララはパンくずを見つめながら指をなめ、肩をすくめた。どうして正直に言わないの？　彼が作ったサンドイッチじゃなし、私のために買ったのでもないのに？

「とてもおいしかったわ」

スレイドはうなずき、ますます細くなる道に神経を集中させた。妻が指を一本ずつなめる様子が思い浮かび、全身に震えが走る。彼はアクセルを思いきり踏みこんだ。

木々は高くそびえ、森はますます深くなっていく。ララは希望を捨て去った。まともなホテルなど見つかるはずがない。太陽が沈み、こずえで星が宝石のようにまたたき始めても、車は走り続けていた。

地の果てまで行く気だろうかとララが思ったとき、車は細い土の道を下った。ヘッドライトの先には、材木とガラスで作られた小屋が浮かび上がる。スレイドはライトを消し、エンジンを切った。あたりはしんと静まり返っている。

「着いたよ」

ララは急に息苦しさを覚えた。

「ここはどこなの？」

「アローポイント湖だ」スレイドは小屋の方をしゃくってみせた。「二年前に僕が建てた」

彼は車から降りて助手席のドアを開け、手を差し出した。ララはその手を無視して降り、彼の脇《わき》を通り過ぎた。

スレイドは拳《こぶし》を握りしめ、彼女が石段を上がってポーチに行くのを見つめていた。その姿は固く、取りつく島もない。

これから丸二日、人里離れたこの場所で、彼女と二人きりで過ごすことになるのか。

スレイドはため息をつき、車から食料と大型のかばんを下ろした。話し合いなら、どこかほかの場所でもできたはずだ。判断を誤るにもほどがある。スレイドはこの山小屋に一度も女性を連れてきたことがなかった。ここに連れてくる女性は、特別の存在でなければならない。昼も夜も二人きりでいたいと思うような、残りの人生をずっと一緒に過ごしたいと思うような女性と……。

「ひと晩じゅうここに立っているのかしら？」

ララはポーチからスレイドをにらみつけた。

よくもこんな場所に連れてきたわね。水道はあるのかしら？　電話は？　電気は？　スレイドの相手をさせられるほかに何かすることがあって？

ララは両手をジーンズのポケットに突っこんだ。

話がしたいのならするわ。ボストンでも、ニューヨークでも、ここ以外の場所なら。こんなに静かだと、スレイドのことしか考えられない。彼に愛されたらどんな気分か、彼は一日じゅう抱き合っていたくて私をここに連れてきたのか、って……。

ララはさっと玄関のドアに背を向けた。

「街に帰して！」

「ばかなことを言うな」

ララは両手を腰に当て、石段を上がってくる彼をにらんだ。「こんな小屋に泊まりたくないわ」

「もう遅い」スレイドはぶっきらぼうに言い、鍵《かぎ》を開けて暗い小屋の中に入った。「君は疲れていらいらしている。僕もそうだ。朝になれば違う見方ができるさ」

「見方は変わらないわ。私はここに泊まりたくないの。わかった？」

スレイドは返事をせずにかばんをどさりと置き、手探りでスイッチを押した。明かりが部屋を照らし出す。怒っていなければ、ララは感嘆したに違いない。壁は手で仕上げた丸太で作られ、床は板張りだ。巨大な自然石の暖炉の前には、低く長いソファが置かれている。

「聞こえたよ」スレイドは彼女の腰に手を添えて中へ入るよう促し、肩でドアを閉めた。

「君がこの山小屋に興味がないとは残念だな」

ララは振り返った。顔は青ざめ、頬骨のあたりだけが輝いている。「何を期待していたのかしら、スレイド？　森の中の隠れ家をひと目見て、あなたが本当は悪い人じゃなかったと私が思うとでも？」彼女は挑むように青い瞳を輝かせ、顎を上げた。「私はあなたを好きになれない。あなたも私を好いていない。話し合っても、何も変わらないわ」

スレイドは、彼女が脇を通り過ぎてドアの方へ向かうのを見ていた。怒りが津波のように押し寄せてくる。ララの言葉や仕打ちに対する怒りではなく、何日も心の片隅にいだき続けてきた怒りだ。今こそ正面から向かい合おう。

「そうだ。息子の話をしても意味がない」

「とうとう正直に認めたわね」

彼女の軽蔑したような口調のせいか、彼女がドアノブに手をかけたからか、スレイドはいきなりララの肩をつかみ、自分の方に向かせて壁に押しつけた。

「正直なのがいいんだな？　よし、正直に言ってやろう」

ララは彼を見上げた。嵐《あらし》の前の雷雲の色をした瞳。花崗岩を削ったような口もと。彼女は恐怖を覚えた。

「放してちょうだい」ララは静かに言った。

「僕だって自分なりの人生設計を持っていたんだぞ。それを妻に台なしにされて、喜んでいるとでも思っているのか？」

「この結婚を押しつけたのは私じゃないわ！」

「ああ、君じゃない」スレイドの口がゆがむ。「マイクには父親が必要ないんだからな」

「考えが変わったって言ったでしょう。このばかげた結婚から解放してくれたら、あなたは思う存分、息子に会いに来ていいのよ。ボルティモアは私の好きな街なの。仕事だってあったわ。あそこには私の人生があったのよ、家も、仕事も、友人も」

「友人か」スレイドの言い方に、ララは警戒心を強めた。

「どういうことかしら？」

「男友だちだよ。君みたいな女性には、同性の友だちなどいない」

「あなたは、私のことなんて何ひとつわかっていないのよ」

「自分に関することはすべてわかっている」スレイドは凶暴な笑みを浮かべた。「それとも、僕たちが出会ったいきさつを忘れろと言うのかい？」

「声をかけたのはあなたよ、覚えている？」彼女はスレイドの胸に指を突きつけた。「あなたがホテルに行こうと誘ったの。一夜限りってわざわざ念を押したのもあなたよ。今になって、まるで私がモラルに反する誘惑者みたいな言い方をするなんて」

「大勢の中から僕を選んだのは君じゃないか。あの前に何度した？」スレイドはララの顎をつかみ、顔を上げさせた。「男性に近づき、意味ありげに見つめて相手をその気にさせて。何人の男性にそうしたんだ？　一ダースか、百人か？」

初めてのデートで、キスもしたことがなかった、と言ったら彼はどうするかしら……。

「多すぎて数えきれないのか？」怒りにまじって苦痛の色が彼の顔をよぎるのを見て、ララは顎をつんと上げ、彼の目をまっすぐに見据えた。言いがかりには嘘《うそ》で答えるしかない。

「そのとおりよ。数えきれないわ」

スレイドは瞳を曇らせ、牙《きば》をむいた狼《おおかみ》のような笑みを浮かべた。

「そうか。少なくとも話が一歩前進したな」彼の手が髪に差しこまれる。ララは三つ編みにしてクリップで毛先を止めていたが、彼が一度強く引っ張っただけで髪はほどけてしまった。「レディは正直に認める気になったわけだ」

「こんな話をしたところで無意味よ。ここに来たのは間違いだってあなたも認めたんだから、車に戻って……」

「あれからは何人だ？」

「意味がわからないわ」

「いいかい、シュガー。君は頭がいいんだろう」スレイドは体が触れるほどそばまで近づいた。「僕のあとに何人の男性を相手にした？」

ひとりもいないわ。口をついて出そうになるのを、ララは懸命にこらえた。言ったところで信じてもらえるはずがない。それに、彼に事実を知らせるのは危険でもあった。

「あなたには関係ないわ」

スレイドは鼻先で笑い、彼女の顔を上げさせて唇を近づけた。ララの心臓が飛び跳ねた。何か恐ろしいことが起ころうとしている。空気が急に重苦しくなった。自分の鼓動の音しか聞こえない。

「当然僕には関係がある。君は僕の妻だからな」

ララは身を振りほどこうとしたが無駄だった。スレイドはのしかかろうとしていた。胸から太股にかけて、全部彼に触れている。腹部に固いものを感じ、ララの血液はたぎった。

「やめて」ララはささやいた。

「やめるって何を？　君が寝た男性たちのことをきくのをかい？」

スレイドは頭を傾け、彼女の首をそっと噛んだ。ララは目を閉じ、うめき声をこらえた。

「わかったよ。過去の出来事だものな。ただし、ボルティモアに誰かを残してきたのなら話は別だ」

「スレイド。スレイド、お願い、こんな……」

「誰かいるのか？」彼はララの手首をとらえ、体の両脇に押しつけた。

ララは身動きができず、しかも、欲望のとりこになっていた。彼が、彼だけが欲しい。

「それだけ言うんだ。僕に連れ去られたとき、つき合っている男がいたのか？」

なんて答えればいいの？　今なお、ララは彼に傷つけられるとは思わなかった。なんとかして彼から守りたいのは、自分自身の感情だった……。

「教えてくれ」彼女が答えを見いだす前に、スレイドはキスをした。

彼の唇は固かった。ララが悲鳴をあげて顔を背けると、スレイドは手を放し、彼女の顔を両手でしっかりと押さえつけた。ララは身を振りほどこうと必死でもがいたが、彼は容赦なく自分の求めるものを手に入れていく……。

ララの求めるものを。

彼と戦いたくない。自分自身とも。スレイドが、夫が欲しい。彼を愛している。もうこれ以上自分を欺けない。初めて出会ったときから、彼を愛していた。でも、彼に告げたら、彼の権力は絶対的になってしまう。心身共に私は彼に所有されてしまう。

スレイドに体を許すしか道は残されていない。

彼女の目に涙がこみあげ、頬を伝い落ちた。「スレイド」ララは震える声でささやき、爪先立って彼の首に腕をからめ、口を開いた。「抱いて、スレイド。お願い、今すぐ抱いて」

スレイドは身を引き、ララの顔をのぞきこんだ。泣いているものの、唇の端に笑みが浮かんでいる。スレイドの心は幸福感に満たされた。

「ああ」ひと言で充分だった。彼は妻を抱き上げ、二人のベッドへと運んでいった。

11

ベッドは広く、柔らかい枕《まくら》がのっていた。ララと結婚して初めて共にするベッドとしてふさわしい、とスレイドは思った。ここには女性を連れてきたことがない。過去や思い出はいっさい染みついていない。あるのはララと二人で築いていく未来だけだ。

スレイドはララをベッドの脇《わき》に下ろし、肌が現れるたびにキスをしながら服を脱がせ始めた。月が窓から青い光を伸ばしてララの頬に触れ、淡い象牙《ぞうげ》色に染めている。

スレイドは月の光に導かれるようにキスをしていき、ついに彼女の口をとらえた。

「とてもきれいだよ」彼のつぶやきに唇を重ねたままララがほほ笑むと、スレイドは妻を抱き寄せて深くキスをした。ララの服が床に落ちる。今度こそは彼女をじっくり味わいたい。スレイドは上体をかがめてララの喉にキスをした。焦るな。ララは僕のものだし、夜はまだ始まったばかりだ。

だが、妻はあまりに美しい。月光だけを身にまとっているさまは、完璧《かんぺき》と言う以外にない。彼は胸を手で包み、その頂を口に含んだ。

「ああ、スレイド……」

ララの膝は震えている。彼は妻を抱き上げ、ベッドに横たえた。

「お願い……」彼女は声を震わせた。

スレイドは隣に身を横たえ、ララの口をキスで封じ、みずみずしい肌に手を這《は》わせていった。

この女性こそ僕の妻だ。

男性が夢見るものすべて、いやそれ以上のものがララには備わっている。そんな彼女が今や、僕しかいないと言わんばかりにキスをし、触れている。

本当にほかの男性がいなければいいんだが。

今は考えるな。感じろ。今まで何人の男性とかかわっていようと、関係ない。ララは今夜からは僕ひとりのものだ。この十八カ月間僕が彼女を夢見ていたように、彼女も僕のことを夢見るようになる……。

スレイドは服を脱ぎ捨てた。ララは両腕を上げ、彼の名をささやく。彼は妻に覆いかぶさり、何度も激しく情熱的にキスを繰り返した。

「ねえ、お願い、スレイド」

彼はララの脚の間に膝をつき、彼女の手を取って指を固く組み合わせた。ララは腰を浮かせて体を弓なりにしたが、スレイドは動かなかった。

「僕を見るんだ」荒々しい声に、ララは目を開けた。瞳は欲望に染まり黒ずんで見える。

「君の中に入るとき、僕の名を言いたまえ」

「スレイド」ララはとぎれがちに言った。「スレイド、私の夫……」

スレイドはうめき、妻の柔らかく従順な体の中で我を忘れた。


かなり遅い時間だった。月は沈んだものの、東の空はまだ明るくなっていない。

ララは頭をスレイドの肩に預け、感慨に浸っていた。こんな人と出会えたなんて……。

スレイドは情熱的に、そして驚くほど優しく愛してくれた。ララが思わず泣いてしまうくらいに。やがて彼女は夫の安全な腕の中で眠りに落ちた。

ララはため息をもらし、顔をスレイドの肩に押しつけてそっと口づけした。

愚かだったわ。マイケルだけが必要だと思っていたなんて。子どものおかげで、生きていてよかったと思えるのは確かだ。でも、スレイドは私の中に流れる血液みたいな存在よ。私の心を温めてくれる……。

ああ、どんなに彼を愛しているだろう。初めて出会った瞬間から……。そして今は、いつか彼に気持ちを告げたいとすら思う。

告白の時は慎重に選ばなければ。愛してもくれない男性に〝愛しているわ〟などと言えば、相手は重荷に感じてしまう。スレイドが私と結婚したのはマイケルのためだったのよ。

いくら彼がお互い気持ちよく暮らしたい、ベッドでも楽しみたいと思っていても、だからといって妻からの告白を望んでいることにはならないわ。

「シュガー？」

スレイドの声はかすれ、優しかった。

彼が胸に置かれた手を取ってキスをすると、ララはほほ笑んだ。「ごめんなさい、起こしちゃったかしら」

「いいんだよ」スレイドは彼女を抱き寄せ、キスをした。「君の夢を見ていたんだ」

「いい夢？」

「すばらしい夢だったよ……。でも、目が覚めたら君が隣にいる幸せとは比べものにならない」

スレイドはもう一度キスをし、妻の上に覆いかぶさった。ララは彼の首に腕をからめた。

彼の体は熱く、すでに固くなっている。

「そうよ、この感じ……」

「僕も同じだよ」彼はささやいた。

「まさかでしょう？　だって、そんなに早く……」

「本当さ、ミセス・バロン」

ララはセクシーな笑い声をあげた。「これも年下の男性と結婚した特権かしらね」

「年下の男性だって？」

「結婚許可証を見なかったの？　私、あなたより二つ年上なのよ」

「来週の金曜日が僕の誕生日だから……。どうだっていいさ。それに僕は年上の女性が好きなんだ」

「本当に？」

「もちろんだよ。すぐに幸せな気分にしてやれるからね。たとえば……」

ララはスレイドをからかってみたかったが、彼はおもむろに唇を下の方へとずらしていく。そして彼女の中に入り、ゆっくり体を動かした……。

今のララにはスレイドがすべてだった。


夜明けの光が空をほのかに染めるころ、スレイドはふと目を覚ました。キッチンで金属やガラスがかすかに触れ合う音がする。野ねずみか？　でも、ねずみはベーコンを焼いたりしない。ラジオをつけたり歌ったりもしない。

スレイドはジーンズに脚を通し、ジッパーを上げ、裸足《はだし》のままそっとキッチンへ向かった。

ララは彼に背を向けてカウンターの前に立っていた。コーヒーがフィルターからガラスのサーバーへしたたり落ちている。彼女はベーコンをフォークに刺し、フライパンからぺーパータオルを敷いた大皿に移した。フライパンが火にかけてある。隣のボウルに入っているのはパンケーキの生地だといいんだが。

スレイドはにやりとして腕を組み、キッチンの戸口にもたれかかった。妻が家庭的な女性だとわかるのはうれしいものだ。彼女は冷蔵庫から流しへ、ガスこんろへと滑るように移動する。その動きには無駄がない。エルトン・ジョンのなつかしい曲に合わせて、ヒップが優しく揺れている。

なんという魅力的なラインだろう。

ララは赤みがかったブロンドを肩に垂らし、彼が着ていたTシャツとレースの下着を身につけているだけだ……。

ララは振り返り、彼を見て悲鳴をあげた。

「びっくりさせるつもりはなかったんだ」スレイドは笑いながら両手を上げた。キッチンに入り、彼女の肘を支えてゆっくりとキスをする。「おはよう、ダーリン」

ララはにっこりした。「おはよう。朝食はもうすぐできるわ」

スレイドは手を伸ばし、皿からベーコンを一枚くすねた。「うーむ。かりっとして、僕好みの焼き加減だ。そこにあるのはパンケーキの生地かい？」

「そうよ」ララはガスこんろの方を向いた。「パンケーキは好きでしょう？」

スレイドはにやりとして、カウンターの端に寄りかかった。「バロン家の人間でパンケーキが嫌いだと言うやつがいたら、そいつは詐欺師だよ」

ララはほほ笑み、生地をフライパンに流し始めた。「バロン家は全部で何人いるの？」

「ええと、まず父のジョナスと義母のマルタ。それから兄のトラビスとゲイジ、義理の妹のケイトリン。彼女はバロンの血は引いてないけど……。君はみんなを好きになるよ、シュガー。父さんさえもね。それに、みんなも君を気に入ってくれるさ」

「だといいけれど」ララは神経質に笑った。「ご家族にはもう私たちのことを話したの？」

「いや。兄は二人とも問題を抱えているし、君とのことはあまりにも目まぐるしかったから……」スレイドはまたベーコンに手を伸ばした。「君は？　誰かに話したかい？」

ララはパンケーキをひっくり返した。「いいえ」聞き取れないほど低い声だった。「家族は母と姉しかいないけれど、親しくつき合ってないの」

「そうか」スレイドは続きを待ったが、ララは黙ったままだ。「で、二人はどこに住んでいるの？」

「アトランタの郊外よ」ララはパンケーキを二つの皿に重ね始めた。「母は三人目の夫と暮らしているわ。同棲《どうせい》かもしれない。とにかく、その人は母をごみ同然に扱っているわ」

顔を上げた彼女の目は、急に挑戦的な光を帯びた。「姉も結婚して、やっぱり夫から同じ目に遭っているわ」

スレイドはカウンターから離れた。「ララ……」

ララは彼の脇を通り、テーブルの上に皿を置いた。「支度ができたわ。冷めないうちに……」

「ララ」

抱き寄せると、妻は身をこわばらせて震えていた。スレイドはおびえた子馬をなだめるように、背中を優しくさすった。やがてララは彼の腰に腕を回し、首に顔をうずめた。

「ごめんなさい」彼女はささやいた。

「謝ることはないよ」スレイドは彼女の髪に口を押しつけた。「話をしたら気分が楽になるかな?」

ララは家族の話を誰にもしたことがなかった。母親を恥ずかしく思う気持ちがどこかにあったのかもしれない。でも、母のことを話し、母と同じ人生を歩まないために一生懸命働いたと言えば、スレイドはわかってくれるかも……。

「シュガー?」

ララは顔を上げた。母も私みたいな気持ちになったことがあるのかしら。信じられないけれど、母だってかつては父を愛し、信頼していたんだわ。

愛、そして信頼。これこそが結婚に必要なのよ。私もスレイドを信頼したい。

ララが再び身を震わせる。スレイドは腕に力をこめた。「ダーリン、どうしたんだい?」

「なんでもないのよ」

「ララ」

夫の表情は真剣そのものだった。

「僕の幼年時代も決して幸せではなかった」彼の声は荒々しいが、妻の顔にかかった髪を後ろに撫《な》でつけるしぐさは優しい。「二人で幸せな家庭を築いていこう。僕たちの息子のために、そしてお互いのためにね。約束するよ」

ララは涙を流しつつも首を横に振った。約束なんてすぐに破られてしまうわ。

だが、彼女が口を開くより早く、スレイドは身をかがめてキスをした。「食事はあとでいい。おいで、ララ。僕たちの新しい人生の始まりの朝なんだ。最高の迎え方を教えてあげよう」

私たちの新しい人生の始まり。その言葉はララの胸に快く響いた。

「どうやって？」彼女はかすれた声できいた。

スレイドはララを抱き上げ、キスをした。ララはため息をもらし、彼の肩に顔を預けてベッドに運ばれていった。

週末はあっという間に過ぎてしまったが、翌週は最高にすばらしかった。

妻子あるスレイド・バロンなど、誰が想像しただろう？

数分前に秘書のベッツィーが持ってきた手紙の山にサインをしながら、スレイドは幸せな気分に浸っていた。幸せだと？　こんな言葉は似合わない。確かに彼は幸せだった。華麗で情熱的な妻と、将来はロケットをつくる科学者か大リーグのエース、あるいは父親をしのぐ建築家になるかもしれない息子に恵まれているのだから。

スレイドの笑みが大きく広がる。

僕の人生は完全だ。そう、完全という言葉こそふさわしい。三十年近く生きてきて、生まれて初めて満ち足りた思いを味わった。妻と子が、今まで気づかなかった心の隙間《すきま》を埋めてくれたのだ。

今こそトラビスたちに知らせるべきだ。もう何かを察しているらしい職場の同僚たちにも。よし、週が明けたらみんなに報告だ。

今度の週末は特別なものになる。

ララは誕生日プレゼントを用意しているらしい。この二日ほど、彼女は何かを隠している。びっくりするようなプレゼントかもしれないが、僕だって彼女を驚かせてやる。君からはもう世界最高のプレゼントをもらった、とスレイドは妻に言うつもりだった。まずはマイケル、そして君。ララは彼にとって最高の存在だった。彼女には特別の場で告白したい。

今日はララに内緒で仕事を早く切り上げよう。

スレイドは上着に腕を通した。低く口笛を吹きながら部屋を出てベッツィーの机に手紙リー・ベル・シンプソンのオフィスを出た。

先週末はすばらしかった。ララと一緒に森の中を散歩し、釣りをした。もっとも、ララはみみずを針につけるのを気持ち悪がり、彼の隣に座っていただけだった。スレイドは釣り上げた鱒《ます》をさばき、岸辺で焼いた。ララをそそのかし、一糸まとわぬ姿で泳がせたりもした。二人は水の中で愛を交わし、小屋に戻ってまた愛を確かめ合った。

「少しは自制しろよ、バロン」スレイドはにやけた顔でジャガーの運転席に座った。

本当にすてきな週末だったが、今度の週末はさらにすばらしくなる。

スレイドはいつもより二時間も早く家を目指した。計画は何日も前にできていた。まず、ララと自家用飛行機でニューヨークに飛ぶ。ニューヨークの夜景を見るたびに、スレイドは鳥肌が立つほど感激した。この感動をララにもぜひ味わわせてやりたい。

それからタクシーでプラザホテルへ向かう。彼は見晴らしのいいスウィートルームを予約していた。ディナーはフレンチレストランに予約してある。この店のポトフは東海岸では最高だ、とテッドが言っていた。食後はララをダンスに誘い、仕上げは馬車でセントラルパークを巡る。翌朝はいちばんに妻をティファニーへ連れていく。結婚していても、女性には婚約指輪が必要だからな。もちろん結婚指輪も。

思い出に残るような週末をララに与えたい。僕にとって彼女がどれほど大きな存在かを伝えたい……。

今までどれだけ多くの男性が、彼女に同じ愚かな行為をしてきたことだろう。

「ふん」スレイドはいきなり車を路肩に寄せた。後ろでクラクションがいくつも鳴る。どうしてこんなふうに考えてしまうんだ？　ララが過去に何人の男性とつき合おうが、関係ないじゃないか。僕と一緒になった以上、ほかの男どもは出る幕がない。ララには誠実を要求し、お互い幸せになった。彼女はもうよそ見をしないだろう。

「当たり前だ」スレイドは再びハンドルを握った。

彼は勝手口から家に入った。ヘルガが流しの前に立っていた。彼女が驚いて顔を上げたので、スレイドは口に指をあてがってみせた。

「二階ですよ」ヘルガがささやく。スレイドはにっこりして彼女の脇を通り過ぎた。寝室にいるんだな。彼は夫婦の寝室に向かった。先週末以降、二人は同じベッドで寝ている。わずかな期間で人生が地獄から天国へと変わってしまったのには驚きだ。

スレイドは寝室の戸口で立ち止まり、ほほ笑んだ。ドアは開け放たれ、妻の姿が見える。彼に背を向け、ベッドの端に腰をかけ、低い声で電話している。

「そんなことないわ」ララはハスキーな笑い声をあげた。「彼はちっとも気づいていないもの」

スレイドの笑みが凍りついた。

「絶対わからないわ。大丈夫よ、言わないから。ええ、シャンパンをうんとね」彼女はまた笑った。

やけに親密な感じの会話だ。ララは脚を組み、片方の脚を前後に揺らしながらしゃべっている。

「細かいことはお任せするわ。ええ、いいわ。そこでお会いしましょう。ええ、スウィートルームに七時ね。ちょっと遅れるかもしれないけれど。夫にうまい口実が言えなかったらね。明日の夜が待ち遠しいわ、エリオット。ええ、そうね。さようなら」

スレイドの見ている前でララは受話器を置き、ため息をついてもの憂げに伸びをした。

その瞬間、彼は今まで出会った誰よりもララを憎んだ。すべてが嘘《うそ》だったのだ。愛を交わしながら彼女がささやいたことも。スレイドが宇宙の中心であるかのように見つめたまなざしも。

ララを肩にかつぎ、家の外にほうり出してしまおうか。それともベッドに押し倒して服をはぎ取り、誰の妻なのかを思い知らせてやろうか……。

ララは急に振り返った。

「スレイド」彼女は唇を噛《か》んで立ち上がった。瞳に宿る後ろめたさは隠しきれない。「スレイド、早かったのね」

彼は何も言わなかった。

「いつからそこにいたの?」ララはごくりと唾《つば》をのみこんだ。「つまり……」

「言いたいことはわかっている」スレイドは抑揚のない声で低く告げ、両手をズボンのポケットに深く突っこんだ。「君の言いたいことははっきりわかっているよ、ララ」

彼女は神経質にほほ笑み、後れ毛を耳にかけ、彼の方にやってきた。「聞こえていたの……？」

スレイドの顔に激しい怒りがよぎったのだろう。ララは急いであとずさったが、彼は力をこめてその肩をつかんだ。指が肌に食いこむ。それでも、彼の心の痛みのほうがはるかに勝っていた。

「誰なんだ？　誰と会う約束をした？」

ララはぽかんと口を開けた。「なんですって？」

「電話の相手の男性だよ」彼は激しく彼女を揺さぶった。「そいつの名を言え！」

「スレイド、何を言っているの？」ララの声は震えていた。「私にはあなたしかいないのよ」

スレイドは手を離した。彼女を信じたい。

「信じてくれないのね」

「どうして信じられる？　君はやすやすと嘘をつくくせに」彼はもう一度彼女をとらえた。「誰としゃべっていたか言うんだ」

ララは夫の顔を見つめた。ありのままを言ってみても意味がないわ。スレイドは信じたふりをするかもしれないけれど、また同じことが何度でも起きるわ。遅かれ早かれ彼は私からすべてを奪ってしまうのよ。私のプライドも、尊厳も、愛さえも。結婚に必要なのは愛と信頼なのに……。スレイドは私に対してどちらも持ち合わせていない。ララには今や、プライドしか残されていなかった。

「いやよ」彼女は静かに答え、夫から離れた。

スレイドの顔がゆがみ、手が上がる。ララは顎をつんと上げて一撃を待ち受けた。だが、彼の拳《こぶし》はまっすぐ壁に打ちつけられた。ララが階段を駆け下りていっても、スレイドは身じろぎひとつしなかった。

何もかも終わった。今までずっと懸命に否定しようとしてきた事実だけが、目の前に厳然と横たわっている。

妻はバロン家をむしばんできた女性たちの化身だ。不道徳で、嘘つきで、不貞をはたらく。

そんな妻に、スレイドは恋をしてしまっていた。

12

夕暮れが訪れ、夜のとばりが下りたのも知らず、スレイドは暗い部屋で座っていた。

ララは行ってしまった。一時間前、彼女はマイケルを連れてタクシーで去っていった。

スレイドは窓から見つめていただけだった。

ララはどうでもいい……。結婚したときから、彼女がどういう人間かわかっていた。

でも、マイケルを失うのはつらい。明日の朝いちばんに弁護士に電話して、親権を得るのに必要な手続きを始めさせよう。

いや、僕にはできない。スレイドは目をこすった。マイケルは母親を愛している。ララも彼を愛している。ララがどんな人間であろうと、いい母親なのは確かだ。共同親権という手もあるな。週末や長期休暇は僕があいつを育て……。

最初からそうするべきだったんだ。なんとばかなまねをしてしまったんだろう！　建物は設計さえすれば思いどおりの姿になっていくが、家族はそうはいかない。いくら子どもを愛していても、愛のない結婚は結婚とは呼べないんだ。

僕はララを愛していなかった。彼女との間にはセックスしかなかった……。

電話が鳴った。スレイドは受話器をつかみ、噛《か》みつくように言った。「もしもし。誰だか知らないが、今はおしゃべりする気分じゃないんだ」

「こっちもだ」トラビスがどなり返す。

「トラブ？」スレイドは気持ちを落ち着かせてベッドの端に腰を下ろした。「やあ、どうしてわかったんだ？　ちょうど……」

「僕に話があったのか」トラビスは咳《せき》払いして、あとを引き取った。「世の女性たちはどうなっているんだ？」

「女性はそういうものなんだよ。女性であることが問題なのさ！」

「うん。実は、同棲《どうせい》中の女性がいるんだ」

スレイドは思わず立ち上がった。「なんだって？　いいかい、兄さん、真剣になる前によく考えるんだ」

「真剣じゃない。いや、うん、今は真剣だ。だが、ずっとじゃない。お互い、承知のうえなんだ。一緒にいても、なんの束縛も誓いも……。こら、笑うな！」

スレイドは締めつけられたような声を出して応じた。「女性は誓いを求めるものなんだよ。少なくとも求めたいときは求める。男のほうから求めようとすると求めない」

「なんの話だ？」

「別に、なんでもないよ。その女の子だけど……」

「女の子じゃない。アレクサンドラという名前だ」

「アレクサンドラか」スレイドは首の後ろをさすりながら、トラビスの話に集中しろと自分に言い聞かせた。「上品な名前だね……。例のオークションで兄さんを買った女の子、じゃなくて女性かい？」

「だったらどうした？」

「弁解しなくていいよ。驚いただけさ。その女性が兄さんの愛人になるなんてね」

「愛人じゃない」トラビスは冷たく言った。

「じゃあなんと言うんだい？　兄さんの家に住んでいるんだろう？」

「さあ、なんて呼ぶのかな。それも問題のひとつなんだ。人に紹介するときに、何か言わないと」

結婚したものの、妻は僕を嫌っている。人にどうやって伝えよう？

スレイドはゆっくりと尋ねた。「なぜ紹介しなくちゃいけないんだい？」

「それは……彼女が秘密にしておきたがらないからだ。僕とどういう関係にあるのかわからないようだ」トラビスはため息をついた。

「兄さんのデートの相手？」

「違う」

「じゃあ、兄さんの恋人」

「いや、彼女にそのつもりはない」

「いっそのこと、友人だと紹介すれば？」

トラビスは笑い、スレイドは目を閉じた。結婚して妻と呼んだらいいじゃないか……。

「やっぱり愛人しかないな」スレイドはそっけなく言った。

「それは違う。まあ、そうかもしれないが、彼女は愛人以上なんだ」

「だったら、彼女にそう言えばいい」スレイドはいらだつ気持ちを抑えようとした。兄と同棲している女性は妻ではない。相手の男性のプライドが高すぎて本心を打ち明けないからといって、家を出ていったりはしないのだ……。

「うん？　ああ」

トラビスはなおも何かつぶやいていたが、いきなり電話が切れた。スレイドは受話器を見つめた。兄さんが女性問題で僕にアドバイスを求めてくるとはな。女性のことなど何ひとつわからないこの僕に。

ララと一緒にいるのは楽しかった。たわいない話を女性にしたのは初めてだ。小屋のそばの古い樫《かし》の木に巣を作っているあかおのすりのこと。丸太を一本一本組み立てて作った小屋のこと。学生時代にバーの店番をやり、学部長の膝にスコッチのソーダ割りをこぼしたこと……。

ララは目を輝かせて聞いていた。スレイドも彼女の話に聞き入った。彼女がウエイトレスをして学費を稼いでいたとき、初めての客にトマトスープをぶちまけてしまった話には大笑いした。

スレイドはうめき、髪に手を走らせた。

自分をだましてなんになる？　確かにマイケルを失うのはつらいが、妻を失うのは自分の魂を失うようなものだ。息子にはまた会えるだろう。でも、ララは永遠に失われてしまう。あのほほ笑みも、喜びに輝いた顔も……。

また電話が鳴った。ララではなく、トラビスだった。

「よく聞け。ゲイジが今電話してきた。大変な状況になっているらしい」兄はいきなり言った。

「最近はそんな話ばかりだね」

「電話してやってくれ。番号を教えるから」

「番号なら知っているよ」

「自宅じゃないんだ。書き留めてくれ」

スレイドは番号をメモ用紙に書きなぐってから、額をこすった。「思うんだが、こんなことをしても……」

「ばかなまねはよせと忠告するんだ」トラビスは命じた。「愛する女性を手放してはだめだ、とな」

「愛か」スレイドは笑った。「その意味を知っている人間がどこにいるだろう?」

「時が来ればお前にもわかるよ」

トラビスは電話を切った。スレイドはため息をつき、教えてもらった番号を押した。バロン三兄弟にとって、ろくな夜ではないらしい。

ゲイジはすぐに出た。「スレイド?」

「トラビスが電話してきたんだ」

「トラビスが? あいつがなぜここの番号を知っているんだ?」

「発信者番号通知サービスってやつさ。今どこにいるんだい? こんな市外局番は初めてだ」

「パームビーチに来ているんだ。わけはきかないでくれ。いいな? 話せば長くなるから」

「わかったよ。電話したのは、トラビスの言うとおりだって言いたかっただけなんだ」

「なんの話だ?」

「ナタリーを手放すな、ってことさ」

ゲイジはため息をついた。「君たち独身者は失恋した人間に言いたい放題だからな」

「本気で言っているんだよ、ゲイジ」スレイドの声が荒々しくなる。「君はひとりの女性を愛している。彼女を手放してしまったら、どうしようもない大ばか者だ。わかったかい？」

「わかったよ。でも、まさかお前から忠告されるとは……」

「好きに言ってくれ」スレイドは受話器を置き、ゆっくりと窓辺に近づいて暗い通りを眺めた。ララは今ごろ空港に着いているだろう。ボルティモア行きの飛行機を待っているに違いない。飛行機に乗ったら、彼女は永遠に僕の人生から姿を消してしまう。

僕が愛したララは幻想だったのだろう。でも、彼女を愛していた。これからも一生愛し続けるだろう。毎晩僕の腕の中で眠っていたララ。僕が帰宅するとうれしそうに顔を輝かしていたララ。思い出だけでは何も満たされない。彼女が欲しい。ぬくもりのある本物のララをこの腕に抱きしめたい……。

「旦那《だんな》さま？」

戸口にヘルガが冷たい顔つきで立っている。スレイドは引きつった笑みを浮かべた。

「なんだい、ヘルガ？」

「食事はどうなさいます？　時間も遅くなってまいりましたし……」

「そうだな、やめておくよ」彼はヘルガに背を向け、ポケットに両手を突っこんだ。

「残念でございます」彼女は咳払いをした。「奥さまはもう戻らないとおっしゃっていました」

「そうだろうな」

「でしたら……ミスター・エリオットに連絡しましょうか？」

スレイドは目を閉じた。電話をかけていたララの声が、セクシーな笑い声が耳にこだまする。

「旦那さま？」

「いや、いいんだ」彼は静かに言った。「住所を教えてくれるかい？　自分でやるから」

ヘルガはうなずいてエプロンのポケットから名刺を取り出し、スレイドに渡した。

「エリオット・アンド・ステファン、仕出し承ります？」彼は怪訝《けげん》そうに家政婦を見た。

「ステファンは私の甥《おい》でして」ヘルガは唇をなめた。「だから奥さまにお勧めしたんですよ」

「どうも話がよくわからないな」

「奥さまはパーティを計画されていました」ヘルガは両手を組み合わせた。「お二人だけのディナーですけれどね。ミスター・エリオットはとても感じのいい方で、ホテルの支配人を知っているからと言って……」

「ホテルだと？」スレイドはヘルガを揺さぶった。

「奥さまがスウィートルームを予約されたホテルです。明日の晩、旦那さまの誕生日のためにですよ。奥さまは旦那さまのお好みのシャンパンを私に尋ね、特別料理を……。旦那さま？　大丈夫ですか？」

何をぐずぐずしている？　スレイドは急いで部屋を横切り、目を丸くしているヘルガを抱いてキスをするなり階段を駆け下りた。

空港への道すがら、思いつく航空会社すべてに問い合わせた。ボルティモア行きの切符を買ったララ・スティーブンスもしくはララ・バロンという女性はいないだろうか。どの会社も教えてくれない。警備上の理由で答えられない、と言う。だが、一時間以内にボルティモアへ発《た》つフライトは一便だけとの情報は仕入れた。ララがそれに乗ることを祈るしかない。スレイドは駐車場を探す時間も惜しみ、空港の出発ターミナルの正面に車を駐《と》めた。

「おい、そこは駐車禁止だぞ……」

背後の声にスレイドは振り返りもせず走った。時間が指の間からこぼれ落ちていく。もっと早く妻に言うべきだった。ララは聞いてくれるだろうか？

スレイドはゲートの番号を確認しながらターミナルを駆け抜けた。

なんと愚かだったんだ。ララの愛に気づかず、今になって心の底から信頼できる女性だとわかるとは。

ララはどこだ？　このゲートのはずだが。人が多すぎる。彼女がいない。彼女が見つからない……。

スレイドの心臓が一瞬止まった。眠っているマイケルを抱いて、窓から外の景色を眺めていた。妻だ。美しい最愛の妻だ。

スレイドは深く息を吸いこんだ。もしララを失えば、僕はすべてを失う。スレイドはゆっくりとララに近づいていった。どう言って謝ろう?

気配を察したようにララが振り返った。その瞳に苦悩の色を認めたとたん、スレイドの頭から詫《わ》びの言葉が消え去った。

「ララ。ララ、愛している。君が必要なんだ。君のいない人生など想像がつかない。何もかも僕が悪かった。シュガー、許してくれ」

ララは無言でスレイドを見つめている。彼は心臓を冷たい手でつかまれた気持ちになった。

「デンバーでのあの日からずっと愛していた。キスをしたとたん、君に夢中になってしまったんだ」

ララはまだ黙っている。スレイドは深く深く息を吸いこんだ。

「認めるのが怖かったんだ。僕は愛を信じていなかったからね。育った環境のせいだろう。気持ちを人に見せたら、自分が無防備になってしまうと思いこんでいた」スレイドの口もとに悲しげな笑みが浮かんだ。「まさか心を奪われるような女性に出会うとは思わなかったんだ。ダーリン、お願いだ。もう一度僕にチャンスを与えてくれ。僕と一緒に家に戻る、と。僕は生涯を通じて君への愛を証明したい」彼の顔は真剣そのものだった。

「あなたは今夜、私の気持ちをずたずたにしたわ」ララは静かに言った。

スレイドは彼女の肩をつかんだ。二人の間で、マイケルが眠りながらため息をつく。

「わかっている、ダーリン。もし時間を戻せるものなら……」

「私は誕生日にあなたをびっくりさせようと計画していたの」ララの声は震え、目には涙が浮かんでいた。「あなたが入ってきて、私はうれしかったわ。なのに、あなたは……」

「僕が間違っていたよ、シュガー。君にはほかにつき合っている人などいない」

「今までだってそうよ」ララは涙に濡《ぬ》れた顔でスレイドを見た。「私はあなたが思っていたような人間じゃないわ、スレイド。男性のリストなんてなかったのよ。デンバーでのことは……」

「あれは僕の責任だよ、スウィートハート。自分でもわかっている。僕が君を誘惑したんだ」

「私も誘惑されたかったのよ」

ララの潤んだ瞳と恥ずかしげな笑みに、スレイドの心は希望に弾んだ。

「本当かい？」彼は優しくきいた。

ララはうなずいた。「ええ……」彼女は眠っているマイケルを見下ろし、それからスレイドを見つめた。「確かに赤ちゃんは欲しかったわ……。でも、一緒に行ったのは、あなたに何かを感じていたからなの。ほかの男性には感じたことのないものを。今まで見つからなかった自分の一部をやっと見つけたような気がして、これでようやく……」

「完全になれる」

「ええ、そうなの」

二人は目と目を見交わした。やがてスレイドはララの顔を両手で包み、親指で涙をふいた。

「愛している。僕の心は君のものだ。僕と結婚してほしい」

ララは涙にくぐもった声で笑った。「何か忘れていない、ミスター・バロン？　結婚許可証は？　二週間前に治安判事の前で挙げた式はなんなの？」

「あんなものは結婚式じゃない。動機そのものが不純だったんだから」スレイドはほほ笑んだ。「もう一度僕と結婚してくれ、シュガー。今度は正しい理由でね。僕たちはお互い、相手がいなければ完全な人生にならないんだよ」スレイドはララの目をのぞきこんだ。

「イエスと言ってくれるかい？」

ララはいささかも躊躇《ちゆうちよ》しなかった。「イエスよ、スレイド」

スレイドはそっとキスをした。

「ちゃんとした式を挙げよう。エスパーダで、僕の家族全員の見ている前で。僕はタキシードを、君は白いドレスとベールを身につけるんだ」

「すてきね。でも、わざわざそんな大げさなことをしなくていいのよ」ララは片手を上げて彼の頬に触れた。「ボルティモアでのあの式で……」

「あれは法律上の手続きさ」スレイドはいたずらっぽく笑った。「いつまでも結婚の義務をお預けにするつもりはないからね。数週間以内に式を挙げよう」

「あなたってすぐにテキサスなまりになるのね」

しばし笑みを交わしたあと、スレイドはそっとマイケルを抱き取った。片腕で息子を抱きかかえ、もう片方の腕を妻に回す。「さあ、帰ろうか」

ララはうれし涙を浮かべ、伸び上がって夫の口にキスをした。「ええ、帰りましょう」

エピローグ

エスパーダで結婚式が行われるのは、これが初めてだった。

マルタ・バロンは化粧の仕上げをすませ、鏡の中の自分に笑いかけた。なんという目まぐるしさだろう。ジョナスの息子たちがしぶしぶ帰宅したのは、わずか一カ月前だった。おまけに三人とも問題を抱えていた。

光のまぶしい夏の昼下がり、家じゅうに笑い声があふれている。

「結婚式ほど楽しいものはないわ」マルタは部屋に入ってきたジョナスに言った。「エスパーダですばらしいお祝いができるなんて」

ジョナスはうなずいた。「お前とケイティの二人は大活躍だったな」彼はポケットから何か取り出した。「こいつをやろう」ジョナスは、ダイヤモンドとエメラルドのチョーカーを妻の首に巻きつけた。

マルタはにっこりして夫の手に自分の手を重ねた。「きれいだわ、ジョナス。ありがとう」

「そのドレスにぴったりだな」

「ええ、よかったわ。きちんとした格好をしたかったのよ。花婿の母親なんて初めてですもの」

「きれいすぎて、お前はとても母親には見えんよ。わしの妻にも見えないくらいさ」

マルタは振り返った。「あなただって、三人の結婚した息子がいるとはとても思えないわ」夫の蝶《ちょう》ネクタイを結びながら言う。

ジョナスは笑った。「このおべっか遣いめ」

「事実ですもの」マルタはネクタイを軽くたたき、夫を見上げた。「今日はなんて幸せな日でしょう！　ゲイジとナタリーもよりを戻してくれたし……」

「ナタリーは赤ん坊を仕こんでいるしな」

マルタは目をみはった。「デリカシーのある言い方だこと。でもよかったわ、赤ちゃんを授かって。それに、トラビスも奥さんと一緒だし……」

「スレイドなどこぶつきだぞ」ジョナスは鏡をのぞき、髪を後ろに撫《な》でつけた。「ちと生まれてくるのが早かったが、いい顔をしているじゃないか。バロン家のいちばんいいところを全部受け継いでおる」

「ナタリーはもちろん、ララもアレックスもいい娘さんね。みんなとても仲がいいわ」マルタはため息をついた。「あとはケイティにいい人が見つかればいいんだけれど。私の娘たちにもね」

「やっと準備ができたと思ったら、早くも次の式を考えているのか。時間を与えてやれよ、どうせいつかは結婚するんだから」ジョナスは妻を自分の方に向かせた。「キスをして、わしが六十以上には見えないともう一度言ってくれ」

マルタはほほ笑みながら爪先立ち、ほっそりした腕を夫の首に巻きつけた。

「あなたは三十過ぎには見えないわ」彼女はささやき、夫の口に唇を重ねた。

スレイドは昔使っていた自分の寝室で鏡をのぞいていた。

「どんな感じかな？」彼が尋ねるのはこれで十回目だった。

ゲイジとトラビスは顔を見合わせた。

「罪作りなほどハンサムだ」トラビスがまじめくさって言った。

「非の打ちどころがないね」ゲイジも重々しく言う。

「真剣にきいているんだよ。このカラーはきつすぎないかな？　ネクタイは……」

「すてきよ」ケイトリンが半分開いているドアから部屋をのぞいた。「入ってもいい？」

「私もいいかしら？」マイケルを抱いたアレックスが続く。

「私もお邪魔するわね」ナタリーはさっさとゲイジの腕の中におさまった。

トラビスは妻のアレックスを部屋の静かな片隅にいざなった。「すてきだね」

「あなたもね、カウボーイさん。タキシード姿を見るのは久しぶりよ」

二人は初めて出会ったときを思い出し、ほほ笑み合った。やがてトラビスは咳払《せき》いをした。

「僕が言ったのはアクセサリーのことなんだが」

「えっ？」

「アクセサリーだよ」彼はにっこりして赤ん坊の鼻をつついた。マイケルは笑い、伯父の手をつかんで口の中に持っていく。「考えていたんだけど……。僕たちにも赤ん坊がいたらいいだろうな」

「あなたも？」アレックスは赤くなった。「私も同じことを思っていたのよ」

トラビスは身をかがめ、いとしい妻に優しくキスをした。「スウィートハート」

「トラビス、ダーリン……」

ケイトリンは笑いながら姉から甥《おい》を引ったくった。「おいで、マイケル。こんな感傷的な場所にはいたくないわよね」

ケイトリンは赤ん坊を庭へ連れ出して客たちに見せびらかした。まもなく室内楽団の演奏が始まり、彼女は二人の義姉《あね》と共に結婚式の列に加わった。

祭壇でもケイトリンはマイケルを抱いていた。ララを見つめるスレイドの表情に、彼女は胸が締めつけられる思いだった。ララは長い純白のドレスに身を包み、赤みがかったブロンドの頭に白い花の冠をつけ、しずしずと新郎の方に歩み寄る。

式が終わり、披露宴もたけなわのころ、ケイトリンはマイケルの耳もとに口を近づけた。「わかった、スウィーーティー？　あなたのダディとマミーはとっても愛し合っているのよ。見ている私たちまでうれしくなるわ」ケイトリンの声はかすかに震えていた。「みんな幸せなのよ、マイケル。愛には人を幸せにする力があるんですもの」

「ぶー」マイケルは口からあぶくをひとつ出した。

「そうね、スウィーーティー。私たちには男女の愛なんて関係ないわ。それよりも土地よ。この土地こそが大切なのよ」

「ケイティ？」

彼女は顔を上げた。「スレイド」明るく言い、新郎新婦にキスをして、マイケルを父親に渡す。「二人とも、とてもきれいだったわ」

「ケイティ、どうかしたのか？」スレイドが言った。

トラビス、ゲイジ、ジョナスの三人もケイトリンを囲んだ。

「どうしたんだね？」ジョナスがつっけんどんにきく。「こっちの二人が自由を手放したのを見て泣いているんじゃないだろうな」

ケイトリンは首を横に振った。「太陽があんまりまぶしくて。ティッシュを取ってくるわ……」

止める間もなく、彼女は走り去った。

「いったいなんのことだと思うね？」ジョナスは息子たちに尋ねた。

「エスパーダさ。ケイティがマイケルに話しかけているのが聞こえたんだ」スレイドは父親に鋭い視線を投げかけた。「あいつはここを愛しているが、決して自分のものにならないことも知っているんだ」

トラビスはうなずいた。「そのとおりだよ、父さん」

ジョナスは顔をしかめた。「わしにもわかっている。あの子がわしの血を引いていてくれたら……」

スレイドはララの腰に腕を回し、彼女を兄たちから引き離した。「今日は口出ししないでおくよ」彼は息子に、そして花嫁にキスをした。「僕は世界一の幸せ者だよ、ミセス・バロン」

「私もよ」やがて彼女はため息をもらした。「エスパーダじゃないわ」

「何がエスパーダじゃないって？」

「あなたの妹さんが泣いていた理由よ」

スレイドは片方の眉を上げた。「じゃ、なぜなんだい？」

「彼女にも誰かが必要なのよ。自分を完全な人間にしてくれる誰かがね」

スレイドは顔をしかめた。「あのケイティが？」

「たぶんね」ララはほほ笑み、夫にキスをした。スレイドこそが、彼女の心と魂を満たしてくれる男性だった。

●本書は、2000年11月に小社より刊行された作品を文庫化したものです。

夢をかなえた一夜

2022年8月1日発行　第1刷

著　者　サンドラ・マートン

訳　者　漆原　麗（うるしばら　れい）

発行人　鈴木幸辰

発行所　株式会社ハーパーコリンズ・ジャパン
東京都千代田区大手町1-5-1
03-6269-2883（営業）
0570-008091（読者サービス係）

印刷・製本　中央精版印刷株式会社

ISBN978-4-596-70993-6

7月27日
発売

ハーレクイン・シリーズ 8月5日刊

ハーレクイン・ロマンス

愛の激しさを知る

大富豪は愛すら略奪する マヤ・ブレイク／東　みなみ 訳
〈華麗なる富豪兄弟Ⅰ〉

白騎士と秘密の家政婦 ダニー・コリンズ／松尾当子 訳

砂漠に消えた妻 リン・レイ・ハリス／高木晶子 訳
《伝説の名作選》

恋は炎のように ペニー・ジョーダン／須賀孝子 訳
《伝説の名作選》

ハーレクイン・イマージュ

ピュアな思いに満たされる

四日間の恋人 キャシー・ウィリアムズ／外山恵理 訳

砂漠の小さな王子 オリヴィア・ゲイツ／清水由貴子 訳
《至福の名作選》

ハーレクイン・マスターピース

世界に愛された作家たち
～永久不滅の銘作コレクション～

愛を告げるとき ペニー・ジョーダン／高木晶子 訳
《特選ペニー・ジョーダン》

ハーレクイン・ヒストリカル・スペシャル

華やかなりし時代へ誘う

子爵家の見習い家政婦 ルーシー・アシュフォード／高山　恵 訳

道ばたのシンデレラ エリザベス・ロールズ／井上　碧 訳

ハーレクイン・プレゼンツ作家シリーズ別冊

魅惑のテーマが光る極上セレクション

愛を忘れた理由 ルーシー・ゴードン／山口西夏 訳

8月9日発売

ハーレクイン・シリーズ 8月20日刊

ハーレクイン・ロマンス

愛の激しさを知る

鳥籠の姫に大富豪は跪く
〈王女と灰かぶりⅡ〉
ケイトリン・クルーズ／山本みと 訳

麗しき堕天使の一夜妻
〈ステファノス家の愛の掟Ⅱ〉
リン・グレアム／藤村華奈美 訳

消えた初恋と十五年愛
ジャッキー・アシェンデン／雪美月志音 訳

大富豪の望み
《伝説の名作選》
カレン・ローズ・スミス／睦月　愛 訳

ハーレクイン・イマージュ

ピュアな思いに満たされる

愛をつなぐ小さき手
ルイーザ・ヒートン／大田朋子 訳

囚われの社長秘書
《至福の名作選》
ジェシカ・スティール／小泉まや 訳

ハーレクイン・マスターピース

世界に愛された作家たち
～永久不滅の銘作コレクション～

シンデレラの涙
《ベティ・ニールズ・コレクション》
ベティ・ニールズ／古澤　紅 訳

ハーレクイン・プレゼンツ作家シリーズ別冊

魅惑のテーマが光る極上セレクション

秘密は罪、沈黙は愛
ジョージー・メトカーフ／堺谷ますみ 訳

ハーレクイン・スペシャル・アンソロジー

小さな愛のドラマを花束にして…

キャロル・モーティマー珠玉選
《スター作家傑作選》
キャロル・モーティマー／すなみ　翔他 訳